ことのは文庫

今日、君と運命の恋に落ちないために

古矢永塔子

MICRO MAGAZINE

We are meant to be...

The turning point of your destiny

CONTENTS

今日、君と運命の恋に落ちないために

プロローグ

「今までありがとう。颯太《そうた》のこと、ずっと忘れない」

つぶらな瞳を潤《うる》ませ、早苗《さなえ》が囁《ささや》く。睫毛《まつげ》に溜まった涙を拭う指先は、秋らしいコーラルレッドのネイルで彩られている。くすみがかった色合いは、チョコレートコスモスの花びらみたいだ。花言葉は、《恋の終わり》。

「俺も、早苗と付き合えて楽しかった」

適度に明るく振る舞おうと思ったのに、空気が乾いているせいか、声が掠《かす》れた。この店は暖房が効きすぎている。早苗が注文したアイスティーのグラスに残った氷が、透き通った音をたてて崩れた。

早苗が立ち上がり、テーブルの端に手を伸ばす。俺は先回りして、筒状のケースに入った伝票を引き抜いた。

「奢《おご》らせてよ。最後だから」

綺麗にカールされた早苗の睫毛が、最後のお辞儀《じぎ》をするように、ゆっくりと上下した。

早苗はいつも、会計のときに財布を出す。俺が奢ると、申し訳なさそうな顔をする。だけど割り勘じゃなきゃ嫌だなんて意固地《いこじ》なことは言わない。栗色の髪が揺れるたびに、スイートピーに似た甘い香りがするところが好きだ。柔らかな外見とは裏腹に、筆圧の強い几帳面《きちょうめん》な字を書くところが好きだった。いつも綺麗に化粧をして、付き合って二ヵ月になっても恥ずかしがって素顔を見せないところを可愛いと思っていた——

店の出口に向かう早苗の姿が、一歩ずつ遠くなる。俺の中の早苗のエピソードが、少しずつ過去形に変わってゆく。

『颯太に話さなきゃいけないことがあるの』

ゆうべ早苗から届いたメッセージを開いた瞬間から、今日で最後になる予感はしていた。他に好きな人ができた、という言葉も、予想通りだ。

窓の向こうの銀杏並木に重なるのは、二ヵ月付き合った女の子に振られたばかりの俺の顔。一重瞼《まぶた》の薄味の顔は、最近やっと市民権を得た塩顔に分類されるのだろうけど、取り立てて人目を惹《ひ》くほど整っているわけじゃない。いつもより下がった眉尻が、わかりやすくしょぼくれている。

落ち込むほどのことじゃない。早苗も、彼女じゃなかった。それだけのことだ。

他に好きな相手がいる、というなら、俺だって同じだ。ひとつだけ早苗と違うのは、俺が相手のことを何も知らない、ということ。名前も声も年齢も、どこに住んでいるのかも、それどころか、顔だって知らない。

彼女が誰かって？　それに答える前に、まずは俺の方からひとつだけ、質問させてほしい。

運命の赤い糸って、信じてる？

——うん、その反応は正しい。今時こんな、寒いセリフを口にする奴はいない。失笑ものだ。

だけど笑えるのは、それに対する俺の答えが『Ｙｅｓ』ってことなんだ。


早苗、莉々愛《りりあ》、真琴《まこと》、めぐみ、萌香《もえか》先輩。今まで俺を好きになってくれた女の子たち。

一番初めは忘れもしない、みちるちゃんだ。絵が上手でトマトが苦手で、ふわふわした癖毛が可愛《かわい》い、ぱんだ組の同級生。

『みちる、大きくなったら、颯太君のおよめさんになる！』

みちるちゃんは大胆にも、クラスメイトが見守るなかで高らかに宣言した。場所は、りんごの木保育園のお砂場だった。ぱんだ組の面々の反応はさまざまで、主に女子はキャアキャアと色めき立ち、男子の半分は女子に便乗《びんじょう》して奇声を発し、残りの半分は「およめさんって、なんだろう」という顔で、周りの反応を窺《うかが》っていた。

当時の俺は、今よりずっと誠実で正直だった。

『ごめん。ぼくのおよめさんは、みちるちゃんじゃない。みちるちゃんとは、けっこんできない』

その瞬間のみちるちゃんの真ん丸になった瞳と、そこから溢れた大粒の涙は、今でも忘れられない。女子たちは、えーひどーい、颯太くんさいてー！　と絶叫し、男子たちは、すでに散り散りになっていた。飽きたのだ。四歳の彼らにとっては他人の色恋沙汰より、ジャングルジムのてっぺんにいちはやく登ったり、園庭でカマキリの卵を見つけることの方が、はるかに重要だったのだ。

ともかく俺は、ぱんだ組の女子から吊るし上げにされた。仲裁に入った保育園の先生も、きっと困っただろう。何しろ、例えばゆうじ君がかぼちゃんのクレヨンを折っただとか、みきちゃんが滑り台の順番待ちで横入りをしただとか、そういう種類の揉《も》めごととは性質が違うからだ。

『颯太君は、恥ずかしがってるだけだよね？　本当はみちるちゃんと、仲良くしたいもんね？』

先生は必死に俺たちを仲直りさせようとしたが、俺は、どうしても頷《うなず》くことができなかった。正直にいえば俺は、みちるちゃんのことが少し、いや、かなり好きだった。きょろきょろ動く黒目がちな瞳も、笑ったときにえくぼができる丸い頬っぺたも、可愛いと思っていた。それでもみちるちゃんに告白されたとき、はっきり『違う』と思った。俺がみちるちゃんのプロポーズに頷くことは、保育園にお迎えにきた余所《よそ》の子のお母さんと手を繋ぎ知らない家に帰るのと同じくらい変なことだと、子供ながらに感じたのだ。保育園に自分のロッカーが用意されているのと同じように、自分にはちゃんと、決められた相手がいる。水色のスモックや、黄色い帽子に名前が書いてあるのと同じように、地球上のどこかに自分のためだけの女の子が存在していることを、俺は幼いながらに確信していた。ただ、それを誰かに伝える語彙力《ごいりょく》がなかった。

頑固な俺に業を煮やしたのか、先生は『颯太君は、運命の人を待ってるのねー。すごいねー』とあきらめ顔で微笑んだ。

——運命の人。

初めて耳にした言葉は、ずっと探していたパズルのピースのように、俺の心の真ん中にぴたりとはまった。そうか、君は、そういう名前だったのか。

思えばあれが、幼い俺の無意識下にぼんやりと存在していた彼女が、実体を持った瞬間だった。

結局みちるちゃんは泣き止むことなくお迎えの時間になり、お母さんに手を引かれて帰っていった。みちるちゃんのお母さんは『ごめんね颯太君、急にプロポーズされてもびっくりしちゃうよね』と微笑んでいたが、瞳の奥には『世界一可愛いうちの娘を泣かせやがって、この糞《くそ》（以下伏せ字）』という、殺し屋のような光がゆらめいていた。俺の隣にいた父の足は、チワワのように小刻みに震えていた。帰り道、父は車のチャイルドシートに俺を座らせながら、涙声で言い聞かせたものだ。

『颯ちゃん、ああいうときはとりあえず、うんって言っときなさいっ！　女の人の集団に逆らっちゃ駄目だよ、父ちゃん、すっごく怖かったよ！』

婿養子《むこようし》として我が家に入り、気難しい姑《しゅうとめ》と気性の荒い妻、気の強い娘に囲まれ暮らしてきた父ならではの、ありがたい教えだ。

まだ恐怖がさめやらぬ様子の父に、俺はたずねた。

『父ちゃんの、うんめいのひと、は、母ちゃんなの？』

『当たり前だよ！　違うなんて言ったら、簀巻《すま》きで陸奥《むつ》湾に放り込まれて、津軽海峡《つがるかいきょう》雪景色だよ！』

父は怯えたように身を震わせてから、『どこでそんな言葉を覚えたの？』と不思議そうに首を傾げた。走り出す車の中で、俺は、なるほど、と頷いた。父と母しかり、祖父と祖母しかり、みちるちゃんのお父さんとお母さん、ご近所の川久保《かわくぼ》さんのおじさんおばさんも、運命によってめぐりあい結びつけられたのだ、と。大人になれば、しかるべき相手が目の前に現れるものなのだ、と。それ以外の相手と仲良くするなんて、『うわき』で『ふりん』なのだ。だって母も祖母も、しょっちゅうテレビのワイドショーを観ながら『こいつまた不倫だって』『道理で、助平そうな顔しとるわ』と言っているじゃないか。

ともかくそういうわけで、みちるちゃんとは、以後ほとんど会話をすることなく卒園を迎えた。

二番目は、小学四年で同じクラスになった伊藤《いとう》さんだ。学校からの帰り道、曲がり角から飛び出してきた伊藤さんに、俺は手作りクッキーを貰った。透明なセロファンでラッピングされたハート形のチョコクッキーを見て、その日がバレンタインデーだったことに気付いた。ホワイトデーまでの一ヵ月、俺は悩みに悩んだ。ちなみにクッキーは美味しかったし、伊藤さんのこともわりと好きだった。赤いフレームの眼鏡の奥の優しそうな目や、休み時間に静かに文庫本を読んでいるところなんかが、大人っぽくていいな、と思っていた。だが違う。伊藤さんも、俺のためだけの女の子じゃない。

どんなお返しをしたら伊藤さんを傷つけずに、また気を持たせずに済むかと思い悩む俺に、母は言った。

『いいじゃん、ミズホにしとけよ。何の不満があるんだよ』

ちなみにミズホは伊藤さんの下の名前で、母と伊藤さんに面識はない。母は、金色に脱色した髪をかきあげながら、こともなげに言った。

『お前、理想が高すぎるんだよ。それか、運命の相手でも待ってんのか？　言っとくけど、そんなもん、いないからな』

俺は仰天した。小一のクリスマスイブの深夜、枕元にプレゼントを置く父と目が合ったとき以上の衝撃だった。

だって、そんなのおかしいじゃないか。じゃあ、祖母が毎朝楽しみにしている朝ドラは？　ヒロインがのちの結婚相手と出会ったとき、ドラマティックな音楽と共に『このとき、ヨシコはまだ気付いていなかった。これが運命の男、タケオとの初めての出会いだということに』と流れたナレーションは？　姉が好きなプリンセスのアニメ映画にだって、プリンスが必ず登場して、最後は結婚式の場面で終わるじゃないか。それに、父だって、母を運命の相手だと話していた。

『じゃ、じゃあ母さんは、なんで父さんと結婚したの？』

『ん？　西弘《にしひろ》の居酒屋で飲んだくれてたときに金が足りなくなって、横を見たらカウンターでぼっちで飲んでる気弱そうな奴がいたからさ。奢ってくんない？　って、アタシから声をかけたんだよな。ま、いわゆる逆ナンってやつだよ』

それはただのカツアゲでは。

『そんで、気付いたら付き合ってて、あーだこーだ考えるより先に姉ちゃんがデキちゃったんだよなー』

子供相手にも嘘で取り繕《つくろ》わないところが、母の長所といえば長所だ。母は炬燵《こたつ》でチューハイを飲みながら、『まっ、恋愛なんてなりゆきだよ、なりゆき』と当然のように言った。

キッチンで皿洗いをする父が、『お、俺は麗華《れいか》ちゃんに初めて会ったとき、運命を感じたよ！』と叫んでいたが、誰も反応しなかった。

ともかく、その夜は眠れなかった。俺は両親の寝室に忍び込み、すやすやと眠る父の手から、スマートフォンを取り上げた。『運命の人』というキーワードを打ち込んだだけで、様々なページがヒットした。上位に表示されたのは占いのサイトで、その下には結婚相談所や、『運命の相手とめぐりあえるブレスレットです！』などの、小学四年生の俺にもうさんくさいとわかる通信販売のサイトが連なっていた。ともかくたくさんの人が、運命の相手を『いる！』『絶対にめぐりあえる』『まだ出会っていないだけ！』『出会わせてみせますとも！』と主張していた。その様子はさながら、祖母が観ているテレビショッピングで『この番組を観ているあなただけに！』『驚きの安さ！』『絶対損はさせません！』と司会者が声を張り上げているかのようだった。要するに、主張すればするほど、嘘っぽく見えた。

もしかしたら運命の相手なんて、いないんじゃないだろうか……？　冷静に考えてみれば、確かにそうだ。サンタクロースはいない。ガラスの靴を履いて走ったら血まみれになるし、虹を駆けるペガサスも空色の猫型ロボットも、誰かの想像の産物だ。それなのになぜ、自分の前にはいつか運命の相手が現れるはずだなんて確信していたんだろう。いつだったかクラスメイトのひとりが、たちの悪い男子から「おまえ、まだサンタなんか信じてんの？」と嘲《あざけ》られ泣かされたことを思い出した。うっかり不用意なことを口に出さずに済んでよかった。思い込みって怖い。慄《おのの》く俺の横で、父が目を覚まし悲鳴をあげた。どうやら、暗闇でスマホのライトに照らされた俺の顔が、往年のホラー映画に登場する白塗りの少年に見えたらしい。震える父を抱きしめ、俺は久しぶりに両親と同じベッドで眠った。それから、保育園のぱんだ組のお砂場事件のことを思い出した。みちるちゃん、ごめん、俺が馬鹿だったよ。

俺は大人の階段をひとつのぼり、伊藤さんへのお返しは、百貨店の催事場で買ったキャンディ詰め合わせにした。俺としては可愛らしいものを選んだつもりだが、伊藤さんの反応は「あ、ありがと」と素っ気ないものだった。バレンタインデーからホワイトデーまでの一ヵ月の間に、伊藤さんの恋心は俺以外に移ろっていたらしい。小学生女子の恋愛のサイクルは、とにかく早いのだ。

時が経ち、俺は中学生になった。周りの男子の興味の対象が、昆虫やドッジボールから急速に恋愛へと移ってゆくことに戸惑いながら、俺もときどきは自分の黒歴史——運命の恋を信じていたこと——を思い出したりもした。そして高校に入学し、満を持して登場したのが、女子テニス部二年の高嶺《たかね》の花、学校中の憧れの萌香先輩だ。

『颯太君、彼女いないの？　だったら……私とか、どうかな？』

初めは冗談だと思った。だが先輩が伏し目がちに『ちゃんと、本気なんだけど』と呟いた瞬間、目の前が薔薇《ばら》色になった。多分頬っぺたをつねっても痛くなかったと思う。もちろん、『はい喜んで！』と即答した。だが皮肉なことに、萌香先輩との付き合いは、俺にかつての黒歴史を思い出させるだけだった。

——やっぱり違う。この子じゃない。

一緒に登下校したり、手を繋いだりするたびに、強烈な後ろめたさに苛まれた。保育園の先生に、『颯太君は運命の人を待っている』といわれた瞬間、俺の中の何かが、初めて実態を得た感覚と似ていた。萌香先輩と一緒にいる時間が増えれば増えるほど、俺の中の彼女の輪郭が濃くなった。

理想が高いとか、そんな話じゃない。だって俺は、彼女の姿も性格も知らない。だけど心臓や腎臓が体の中にあるのと同じように、彼女の居場所が、俺の心の中にあらかじめ用意されているような感覚だった。彼女と出会うまで、この空洞は埋《う》まらない。他の誰かには埋められないということが、はっきりとわかった。

俺が別れを切り出すまでもなく、萌香先輩との付き合いは長くは続かなかった。先輩が部活を引退してすぐに、『他に好きな人ができた』と振られた。オープンキャンパスで出会った大学生と、運命的な恋に落ちたらしい。

「追加のご注文はございますか？」

顔を上げると、不機嫌そうな店員が立っていた。気が付けば、早苗のグラスの中の氷は水になり、俺が注文したコーヒーは冷めきっていた。うっかり物思いに耽《ふけ》りすぎた。

「すみません、もう出ます。ご馳走様でした」

煮詰めたような味がするブレンドを飲み干し、俺も席を立つ。弘前《ひろさき》駅の裏手にあるカフェは、フレンチ・カントリー風の内装も、流行のK－POPをボサノバ調にアレンジした音楽も、早苗の好みだった。でもコーヒーの味は美味くないし、たまに食べるサンドイッチのパンもパサパサだった。きっと、もう来ることはない。

レジで料金を支払いながら、俺のこういうところが駄目なんだろうな、と思う。

高校を卒業するまで、俺はひたすら彼女を待ち続けた。何人かの女の子は俺に気のある素振りを見せてくれたけど、もう萌香先輩のときと同じように、不誠実なことを繰り返したくなかった。高校を卒業するまでの二年間、禁欲生活を貫いた。思春期の男子にとっては長すぎる時間だ。だがどういうわけか彼女は、俺の前に現れなかった。

地元の大学に進学してからは、あきらめた。このまま独り身を貫き、人生の終幕間際にゲートボール場で運命の出会い、なんてまっぴらだ。開き直って何人かの相手と付き合い、彼女を頭の隅に押しやって、極力考えないようにもした。それでもいつも、目の前の恋人を騙《だま》しているような後ろめたさが付きまとった。

『颯太は優しいけど、それだけ』

『ねぇ、どうして怒らないの？　颯太が何を考えてるのか、全然わからない』

『颯太が好きなのは私じゃないよ、きっと』

だからいつも、必要以上に優しくした。会いたいと言われれば多少の無理をしても会いにいったし、電話もＤＭの返事も、彼女のＳＮＳの投稿へのリアクションも怠《おこた》らなかった。友達に合コンに誘われて……といわれれば、大丈夫だよ信じてるから楽しんできて、と笑顔で送り出した。本音を隠し、コーヒーの味が好みじゃないことすら言い出せなかった。だから俺の恋は、いつもこんな結末だ。

店のドアを押し、駐車場に向かう。『立花《たちばな》フラワーショップ』のステッカーを貼ったミニバンに乗り込み、大きく深呼吸をして、午前中に配達したブーケの残り香を吸い込む。午後からも配達が三件入っている。いつまでも感傷に浸っていられない。

本州の最北端にある雪国の、林檎《りんご》と桜の城下町。北国の小京都、なんて呼ばれることもあるけど、明治のはじめにキリスト教が広まったこともあり、レトロモダンな教会や洋館も目立つ。フロントミラー越しの空は、空気が乾いているせいか、やけに透き通っていた。

今朝、ネモフィラの種をプランターに植えた。無事に冬を越せば、この空と同じ淡いブルーの花が咲くはずだ。花言葉は、《あなたを許す》。

こんなにいい加減な俺を、彼女は許してくれるだろうか。いや、許してくれなくてもいい、出会い頭に平手打ちされたってかまわない。だからせめて、目の前に現れて欲しい。そうでなければ、いっそ君を忘れてしまいたい。

異国情緒がただようレトロな街並みを、白いバンで走る花屋の息子の大学生。それが俺の——いや、俺と彼女のラブストーリーのファースト・シーン。

このとき、運命の恋は猛スピードで俺に接近していた。二十年間俺を焦らし続けた彼女が、ようやく姿を現そうとしていた。

だけど俺がそれに気付くのは、ほんの少しだけ先の話だ。

第一話　インパチェンス

「いってぇ！」

　起き抜けにリビングに入った瞬間、足の裏に何かが刺さった。絨毯《じゅうたん》の上に転がっていたのは、銀色の松ぼっくりだ。ソファに寝そべりいびきをかいていた姉の美咲《みさき》が跳ね起きる。俺から松ぼっくりをひったくり、「あーよかった、潰れてなくて」と、ほっとしたように息を吐く。ぼさぼさの髪を頭のてっぺんでひとつにくくり、すっぴんダサ眼鏡に中学時代のジャージという、いつも通りのスタイルだ。

「弟よりも松ぼっくりの心配かよ」

「当たり前でしょ！　ひとつ仕上げるのに、どれだけ時間がかかると思ってんのよ！　昨日も徹夜だったんだからねっ」

「だったら、ちゃんと片付けといてよ」

　カラースプレーを噴きつけ、ところどころにフェイクパールを接着した松ぼっくりは、三ヵ月後の姉の結婚披露宴で使われる小物だ。ネームカードを挟んでテーブルに並べたら、きっと招待客の目を惹くだろう。

「店の手伝いも、それくらい熱心にしてくれると助かるんですけどね」

「あんた、あたしの気遣いがわかんないの？　跡取り息子の前に出ないように、三歩下がってあげてるんでしょうが！」

巻で鈍器本と呼ばれる分厚い結婚情報誌で尻を叩かれる。リビングのドアの向こうのトイレからは「誰かー！　紙！　紙！　紙がない！」と叫ぶ父の声。

「うっさいなあ、読んでる新聞でもちぎって拭けばいいじゃん」

「みーちゃん、酷《ひど》い！　雑！　そういうところ、ママにそっくり！　颯ちゃん、颯ちゃーん！」

「父さんさ、そんなに叫ばなくても聞こえるって、うちは狭いんだから」

あと、その呼び方はいい加減やめてくれ。買い置きのトイレットペーパーをドアの隙間から押し込み、俺は手早く朝食の支度をする。

炊飯器から湯気がこぼれ始めた頃、ようやく我が家のボス『立花フラワーショップ』の店主が、寝室から這い出してくる。昨夜出かけたときから着ているロックTシャツに、ヴィンテージのダメージデニム。半袖から伸びる腕は、細いのに筋肉質だ。ベリーショートの金髪は寝ぐせだらけで、化粧が崩れたひどい有り様だが、かつては商店街の皆様から『土手町《どてまち》小町』と呼ばれた母・麗華だ。酒やけしたデスボイスで「アタシ、昨日何時に帰ってきた?」と呻《うめ》く。

「夜中の二時に、鍵を忘れたとかいって表《おもて》のシャッターを叩きまくったの、覚えてないのかよ。平日はほどほどにしてくれよな。俺、今日は午前から学校に行くから、店番はできないよ」

母は、俺が渡したコップの水を一気にあおると、すぐにウッと口を押さえリビングを飛び出した。ほどなく父が「ちょ、ちょっと麗華ちゃん、俺まだトイレの途中なんだけど!」と叫ぶ声と、母が嘔吐《おうと》する音が聞こえてくる。まったく、いつも通りの爽やかな朝だ。

四人分の白飯に味噌汁、昨日の残りの煮ものをテーブルに並べ、俺はさっさとひとりで朝食を済ませる。トランクスにワイシャツ姿でうろうろする父や、ソファで二度寝を始める母、シャワーを浴びてドライヤーで髪を乾かす姉の間を縫いながら身支度を済ませ、スニーカーを突っかけ玄関を出る。

薄暗い階段を下りて一階のシャッターを開け、店の前にディスプレイ用の棚やベンチを出し、多肉植物や小ぶりの鉢を並べてゆく。今日はピンクとオレンジ、真紅のインパチェンスがしおれかけていた。そろそろ見ごろが終わりだ。ブラックボードに『本日のおすすめ』として書き込み、価格を一割下げる。そうこうするうちにスーツ姿の父がやってきて、一緒に大型の鉢植やスタンドを並べる。勤続二十五年の不動産会社に出勤する背中を送り出すと、今度は母が下りてきて、いよいよドアのプレートを『Ｏｐｅｎ』に変える。

「じゃあ、俺は学校に行くから。夕方配達に出るから、行方《なめかた》さんからの予約のブーケ、よろしく」

「よしっ、任せろ！」

髪を整え化粧を直した母が、節の太い男前な手で、パンと自分の頬を叩く。俺はいつものバックパックを背負い店を出た。急な坂道を上り、街のメインストリート・土手町通りに出る。あちこちの店先から、「颯ちゃん、おはよう！」「颯太君、昨日の残りでよかったら、ドーナツ食べる？」「おう颯太、コーヒーもってけ」と声がかかる。

俺の日常は、なかなか慌ただしい。たとえ恋人に振られた翌朝でも、落ち込んでいる暇なんかない。


弘前には、城下町特有の古い町名が、あちこちに残っている。たとえば、藍染めの染物屋が軒を連ねた紺屋町《こんやまち》。多くの鷹匠が暮らしていたという鷹匠町《たかじょうまち》、言わずもがなの桶屋《おけや》町《まち》に銅屋町《どうやまち》。俺たち家族が暮らす土手町は、かつては参勤交代の通路となり、商人の町として栄えたらしい。

土手町通りを歩きながら、白い湯気をこぼすタンブラーに口を付ける。創業七十年の純喫茶『誠《まこと》』のマスターが毎朝淹れてくれるコーヒーが、この季節は特に滲みる。来週にはもう、コートが必要になるかもしれない。

パーカーの襟元から忍び込む冷気に首をすくめたとき、スマホが鳴った。一瞬、早苗の顔がよぎる。だが画面に表示されていたのは、元恋人ではなく幼馴染《おさななじみ》の名前だった。

『振られ記念に、ラーメン奢ってやろうか？』

開口一番これだ。幼馴染の佐々木佐武朗《ささきさぶろう》のやたらにいい声に、俺は眉を寄せた。

「誰から聞いた？」

『インスタのアイコンを見れば、誰だって気付くだろ。痛い手繋ぎ写真から、初期設定の画像に変えたよな。ほんと、わかりやすい奴』

「痛くて悪かったな」

早苗とお揃いにしていた画像は、今朝起きぬけに削除した。ちなみに早苗の方は、昨夜のうちにペットのハムスターとのツーショット画像に変わっていた。

『まあ、そんなに落ち込むなよ。今日のマイタケ占い、蟹《かに》座は恋愛運最高だってよ』

サブローの声の向こうから、朝の情報番組のハイテンションなナレーションが聞こえる。

『今日の蟹座は、千年に一度のラッキーデー！　運命の恋に出会えるかも？』

ああそうですか。俺はもう、占いなんか信じない。おみくじも引かない。今までだって、期待しては失望するの繰り返しだった。待ち人は「来ず」、失せ物は「見つからず」、恋愛は一生「思い通りにはならぬ」。高校時代は、目の前の曲がり角の向こうに彼女がいるんじゃないか、あの路地から食パンをくわえて飛び出してくるんじゃないか、なんて馬鹿げた妄想を繰り返してきたけど、一度としてそんなことは起こらなかった。

同じ学部のサブローとは二限目の基礎教養の授業で落ち合うことを約束する。ついでに大学のポータルサイトをチェックすると、今から受ける予定の一限目が休講になっていた。早起きが無駄になった。仕方がないので、図書館で他の講義のレポートを進めることにする。

大学の共通棟の正門を抜けたとき、前を歩く女の子の集団に、栗色のロングヘアーを見つけた。一瞬足がすくみ、だがすぐに別人だと気付く。でも今回は人違いだったとしても、同じ大学の早苗とは、きっとこれからも何度も顔を合わせる。近距離恋愛の宿命だ。

背後からまた、弾むような笑い声が近づいてくる。俺は背中を丸め、足早に大学図書館へと向かった。タイル敷きの階段を上りドアを押すと、湿った落ち葉のような香りがした。初めて早苗と言葉を交わしたのも、この場所だった。

その日俺は、レポートに使う資料を探していた。どうにか参考文献になりそうな本を見つけたが貸出禁止に分類されていたので、仕方なくプリントコーナーへと向かった。だがコピー機の蓋を開けると、ガラス板の上には先客がいた。空色の表紙に白いマーガレットがちりばめられたキャンパスノートが、ページを開いたまま伏せられていた。誰かが置き忘れたのだろうか。何気なく取り上げた瞬間――心臓が、大きく跳ねた。

人のノートの中身を勝手に覗《のぞ》くなんて、非常識だとわかっていた。それでも俺の指は、ページをめくることをやめられなかった。ブルーの罫線《けいせん》の間で窮屈《きゅうくつ》そうに整列するボールペンの文字。右上がりでも左上がりでもなく、堅苦しいほどに整った筆跡を目で追うだけで、胸が締めつけられた。ラファエッロやボッティチェリの名前が見えたので、西洋美術史のノートだったと思う。時間を忘れて読みふける俺の前に、小走りで現れたのが早苗だった。薄暗い図書館の窓から差し込む光が早苗を照らし、後光が射しているように見えた。

『これ、君の？』

早苗は何も言わず、ただ恥ずかしそうに目を伏せた。あの瞬間、待ち続けていた運命の恋が、ようやく始まったと思った――

だが図書館での運命的な出会いをピークに、俺と早苗の恋はゆるやかに下り坂を転がっていった。あの感覚を思い出したくて、早苗に何度かノートを見せて欲しいと頼んだことがある。でもなぜか毎回拒《こば》まれた。颯太は私じゃなくて、私が書く字が好きなの？　と涙ぐまれたこともある。そうじゃない、いや、そうかもしれない。運命の恋が訪れないことが原因で、極度の筆跡フェチになってしまったのかもしれない。

あの日と同じように俺は、図書館の自動受付機に学生証をかざす。エラー音が鳴った。磁気が反応しないようだ。何度か試し、結局あきらめて図書館を出た。

ここ最近、こんなことが頻繁《ひんぱん》にある。買ったばかりの自転車のチェーンが外れて講義に遅れたり、廊下に落ちていた瞬間接着剤のチューブを踏んづけて、その場に足止めを食らったこともある。最悪だったのは、くしゃみをした拍子にコンタクトレンズが落ち、小一時間ほど校門の前で探す羽目になったことだ。

要するに運に見放されている。あるいは、いい加減な恋愛ばかりする俺に、天罰が下っているのかもしれない。

後ろ向きの気持ちに倣《なら》い、図書館の裏庭にまわる。日当たりが悪く、銀杏の木が一本生えているだけの殺風景な場所だ。レポートに取り組むのに適した場所ではないが、今は賑やかな学食に向かう気にはなれなかった。

……このとき、運命の恋は、俺のスニーカーの爪先から二十メートル向こう。映画ならきっと、全ての音が消えてスローモーションになるところだ。待ち続けていた運命の恋が、ようやく、今度こそ本当に始まろうとしていた――

最初に視界に飛び込んできたのは、真紅のスカートだ。枯れ草が生い茂るセピア色の風景の中、鮮やかな色彩に目が釘付けになる。いや、釘付け、なんて生易《なまやさ》しいものじゃない。突然脳をジャックされたみたいに、頭の中が丸ごと赤に染まった。

銀杏の木の下、古びたベンチに腰を掛け、女の子が本を読んでいた。きちんと揃えられた膝小僧を、赤いフレアスカートがふんわりと覆っている。チャコールグレイのタートルニットと、そこにちょこんと載った小さな顔。抜けるように白い肌は、降り積もったばかりの雪のように、柔らかな光を放っている。ただの女の子じゃない。信じられないくらい可愛い、奇跡みたいに綺麗な女の子だ。

立ち尽くす俺の気配に気付いてか、彼女が顔を上げた。艶やかなボブの黒髪が揺れる。

その瞬間、世界が止まった。

周りの風景が水彩画のようにぼやけ、代わりに彼女の姿だけが、高精度のレンズでピントを合わせたかのように、くっきりと見える。まるで、世界に俺たちしかいないみたいに。

彼女の大きな瞳は、真ん丸に見開かれていた。長い睫毛も、クランベリーみたいに赤い唇も、かすかに震えていた。言葉を交わさなくても、彼女が俺と同じ衝撃に包まれていることがわかった。

——彼女だ。間違いない。

こんなふうに出会う瞬間を、俺は何度も思い描いた。想像の中の俺は、ちょっと困った顔で肩をすくめ、『やっと会えたね。正直言って、待ちくたびれたよ』と笑う。彼女は悪戯《いたずら》っぽく微笑み、『遅刻しちゃった。だけどこれからは、ずうっと一緒だよ』と囁く。

俺たちは手と手を取りあい、めくるめく運命の恋にダイブする——なんていうシミュレーションを繰り返してきたはずなのに、実際には口の中がからからに乾いていて、言葉が出なかった。心臓が苦しいくらいに暴れている。それでも右足を一歩踏み出すと、彼女が息を呑んだ。小さな顔は、感極まって泣く寸前のように見えた。そんな顔を見てしまったら、俺だって込み上げるものがある。

俺は今まで誰にも、運命の恋人を待ち続けているなんて打ち明けられなかった。だけど君を待ち続けて——途中、誠実でも正直でもない時期があったかもしれないけど、とにかく心の中ではずっと君を待ち続けて、ようやく今、出会えた。

思い切ってもう一歩近づくと、彼女もベンチから腰を上げた。そうだ、そして俺たちは手と手を取りあい微笑みあって——

「近寄らないで！　そこから、一歩たりとも踏み出さないで！」

舞台女優のように張りのある、凛とした声だった。銀杏の木で休んでいた鳥たちが、大袈裟な羽音をたてて飛び立つ。

「いい加減、あきらめてよね！　本当にしつこいんだから！」

おそるおそる、後ろを振り返ってみる。期待も虚《むな》しく、誰もいない。

「……もしかして、俺に言ってる？」

「他に誰がいるの？」

どうやら彼女は、まごうことなき俺に怒りをぶつけているらしい。

「一応、確認だけど……俺たち、初対面だよね？　こんなことを言ったら、危ない奴だと思われるのは重々承知なんだけど——俺は君に、運命みたいなものを感じてるんだ。君も、そうだよね？」

「だから何？」

彼女は鼻の頭に皺《しわ》を寄せ、威嚇する猫のように俺を睨《にら》みつける。それから、急に目を閉じた。怒りを鎮《しず》めようとするかのように深呼吸を繰り返す彼女を、俺は呆然と見つめた。

「立花、颯太君」

驚いたことに、彼女は俺の名前を知っていた。それどころか、知るはずのないことまで知っていた。

「立花君、あなたは昨日、教育学部の森本《もりもと》早苗さんに駅の裏のカフェで別れ話を切り出されて、今朝は傷心の気持ちを引きずりながら図書館でレポートを書いて過ごす予定じゃなかったの？」

俺は、すごく間抜けな顔をしていたと思う。なぜ彼女が早苗のことを？　昨日のカフェにいたのか？　いやそれよりも、今朝俺が図書館に行く予定なんて、誰も知らないはずだ。

彼女が瞼を上げた。長い睫毛に縁取られた瞳が、射抜くように俺を見つめる。

「図書館にいるはずのあなたが、どうしてこんなところに？」

「カードが反応しなくて、中に入れなかった」

「見せて」

言われるがままに学生証を差し出す。彼女は恐る恐る手を伸ばし、指先だけでカードをつまんだ。まるで、汚いものにでも触れるかのように。

「おかしなところはないみたいだね」

おかしいのは君だ。初対面で、ここまで感じの悪い態度を取られたのは初めてだ。

「ごめんなさい、ちょっと取り乱しちゃった。まさかあなたが、ここまで追いかけてくるとは思わなかったから」

心外だ。まるで俺が、日常的に彼女を尾《つ》けまわしているような言い草だ。

「俺はストーカーじゃないよ。君に会うのは今日が初めてだ」

「そうだね、少なくとも、あなたにとっては」

彼女の口からこぼれる言葉は、どれもへんてこで、筋が通らない。釈然としない俺の前で、彼女は自分の右手を肩の高さに掲げた。

――その瞬間、不思議なことが起こった。

白い手のひらに、枝から落ちた銀杏の葉が、吸い寄せられるように舞い降りた。彼女は顔色ひとつ変えず、手の中の黄金色の栞を文庫本に挟んだ。

まるで、あらかじめ、その時間にその場所に、銀杏の葉が落ちてくることを知っていたみたいに。

彼女はトートバッグを肩にかけ、立ち上がってスカートの皺を直す。このまま立ち去るつもりらしい。俺は慌ててポケットを探った。

だって俺はまだ、彼女の名前すら知らない。同じ学校にいたのなら、なぜ今まで出会えなかった？　たくさんの謎が渦巻くなか、たったひとつ確かなのは、彼女が俺の運命の恋人で、絶対に逃しちゃいけない、ということくらいだ。

「待って、連絡先——あっ、ＳＮＳはしてる？　それじゃなきゃ、ＬＩＮＥのＩＤとか！」

「もう行かなきゃ」

「どうして？　やっと会えたのに！」

必死に食い下がる俺に、彼女は足を止めた。ショートブーツのヒールが石畳の上で、カツン、と音を立てる。

「どうしてって……、あなたが私の、運命の人だから」

やっと引っ張り出したスマホが、力の抜けた指先から滑り落ちた。口を半開きにしたまま硬直する俺に対し、彼女は表情ひとつ変えない。

「さよなら。もう二度と会うことがないといいんだけど」

そのまま彼女は、くるりと体を反転させた。頭のてっぺんからブーツのヒールまで、真っ直ぐに一本の軸が通っているような、まったくぶれのないターンだった。

背筋がピンと伸びた後ろ姿が遠ざかってゆく。鮮やかな赤いスカートは、俺が今朝店頭に並べたインパチェンスの花びらと同じ色。花言葉は、《鮮やかな人》。そしてもうひとつ――《私に、触らないで》。

俺は二十年間ずっと、運命の恋を待ち続けていた。彼女が現れさえすれば、全てがうまくいくと信じていた。でもまさか、俺の運命の恋人があんな子だったなんて。

膝から力が抜け、その場にしゃがみ込む。インパチェンスの和名は、アフリカホウセンカ。日本のホウセンカと同じように、楕円形の果実をつけ、ほんの少し指先でつついただけで、勢いよく種子がはじけ飛ぶ。だから、《私に、触らないで》。

俺も同じだ。そしてもう、手遅れだ。

運命の恋人を待ち続け、ぎりぎりまで膨らんだ俺の期待は、彼女の辛辣《しんらつ》な言葉の切っ先に触れ弾け散った。これは失恋なのか？　いや違う、俺はまだ恋なんかしていない。あんな子を好きになんかならない。冷淡なまなざし、とりつくしまのない口調、俺の手から学生証を受け取ったときの、感じの悪い態度。

あの子はおかしい。完全におかしい。でも、おかしいのは俺も同じ。……いや、ことによると、もっと重症かもしれない。

俯いた顔が熱い。変な子、失礼な子、感じが悪い子。自分に言い聞かせるように、口の中で何度も呟く。なのに、彼女のきらきらした瞳が、目に焼きついて離れなかった。

第二話　チューリップ

結局、あの子は何者なんだ？

スマホの黒い画面には、昨日早苗に振られたときよりもさらにしょぼくれた俺の顔が映っている。夢にまで見た、運命の恋人との出会い。なのに今の気分は、夢見心地とは程遠い。

まさか俺の運命の恋人が、あんなにかわ――じゃない、感じが悪い女の子だったなんて。俺だってまさか、出会った瞬間に手を取り抱きしめあって恋が芽生えるなんて、思ってはいない。……いや、思ってはいた。かなり本気で思ってました、すみません。

ともかく、彼女の態度はあんまりだ。あんな、ちょっと目が大きくて髪の毛が綺麗で、クランベリーみたいに真っ赤な唇がとてつもなく可愛――じゃない、感じの悪い子、俺は全然好きじゃない。なのに、どうしてこんなに鼓動が落ち着かないんだ？　こんなの、二十歳《はたち》の誕生日に商店街のスナックで、テキーラをショットガンで飲まされたとき以来だ。しかも火照《ほて》っているのは、喉と胃と頭だけじゃない。

「どうした颯太、変顔の練習か？」

講義室の長椅子が、ギッと軋《きし》む。幼馴染のサブローが、俺の隣に腰を下ろす。練習するまでもなく、お前が隣にいたら地球上の八割の男は変顔だ。

サブローは、今日も寝癖だらけの髪に無精髭《ぶしょうひげ》、襟まわりがよれたロンTに、高校時代から穿き続けている汚いデニムという恰好だ。どうせまた、素足にビーチサンダルでも突っかけてきたんだろう。だが気の抜けた身嗜《みだしな》みに反し、退屈そうに頬杖をつく横顔の造作は完璧だ。

「まだ彼女に振られたことを引きずってんのか？　さっさと立ち直れよ、鬱陶《うっとう》しい」

いや、彼女は彼女でも、そっちの彼女じゃなくて、俺が落ち込んでいるのはお前が知らない方の彼女で……と心の中で反論しかけ、自分が最低な男に思えてきた。そうだ、俺は二日続けて別々の女の子に振られたのだ。

「……俺の胸で泣け、くらい、言ってくれよ」

「よし、幼馴染のよしみで五割引、三分三千円で抱いてやる」

有料かよ。だが、こいつが言うと冗談にならない。サブローが俺に向かって腕を広げる後ろで、講義室にいる女子たちが「待って、幼馴染割引で半額ってことは……」「通常価格、三分で六千円!?　お得すぎるっ」と色めき立っている。何人かは財布を手にして立ち上がり、「ペイポイでも大丈夫かな？」と呟く声さえ聞こえた。みなさん、どうか落ち着いて。

サブローを見ていると俺は、多くの女子が口にする理想の恋人像——清潔感があって優しい人——が、いかにあてにならないかがわかる。いや、むしろこの、不潔感すら漂う身なりが、生まれつきの美貌を際立たせているのだろうか。テレビや雑誌、スクリーンの中でも、俺はサブロー以上の男前を見たことがない。そのせいか、小学校の修学旅行で渋谷《しぶや》に行ったときに大手芸能事務所からのスカウトが殺到しあやうく乱闘騒ぎになったとか、中学時代担任の教師がサブローにガチ恋しＨＲ《ホームルーム》中に教壇で愛を叫んだだとか、高校時代はクラスメイトに勝手に履歴書を送られ国民的美男子コンテストのオーディションの最終選考まで進んだとか、本人は興味がないので無視したもののあきらめきれなかった事務所の社長が学校まで直々に会いにきただとか、嘘のような噂がまことしやかに囁かれている。

そして零歳から幼馴染をしている俺は、噂がおおむね真実だということを知っている。

「それで俺は、颯太の元カノにどう返せばいい？　ついさっき届いたけど」

サブローは自分のスマホを俺の鼻先に突き付ける。表示されたのは、早苗とのトーク画面だ。

『颯太と別れちゃった……』のメッセージの下に、涙目のウサギのスタンプ。続いて『サブロー君に相談に乗って欲しいな　いつなら時間、作ってくれる？』とある。

俺の姉・立花美咲いわく、『女が女に相談をするのは、味方を作るため。女が男に相談をするのは、相手を落とすため』。つまりは、そういうことだ。

「颯太は、本当に女を見る目がないよな。『幼馴染と兄弟になるのは無理』って送っとくか」

「やめろ、オブラートにくるめ」

いくら元彼女でも、早苗が傷つく顔は想像したくない。こんなことは初めてじゃない。むしろ、『他に好きな人ができた』と言われて振られた場合、ほぼ確実に相手はサブローだ。例外はひとりだけ、高校のときの初めての彼女、萌香先輩。といっても付き合ったきっかけは先輩がサブローに告白して振られ、俺が先輩を慰めるうちに……というものだったので、大して変わらない。

高校から現在まで、女の子と付き合うきっかけは、全て相手からの告白。大してとりえのない俺が人並みに恋愛経験を積んでいるのは、サブローのおかげだ。

もちろん、平凡な容姿の俺がサブローの隣に立つと、引き立て役にすらならない。それでも世の中には『じゃない方』を支持する層が存在する。アイドルグループのセンターじゃなく左端、人気絶頂のお笑い芸人のボケじゃなくツッコミの方。俺に熱い視線を向けてくれるのは、主にそういった女子たちだ。だがその気持ちも、俺の彼女になり、『彼氏の友達』であるサブローのフェロモンを間近で浴びるにつれ変わってしまうらしい。

「立花君、佐々木君、おっはよー！　ねぇねぇ、教育学部の森本早苗と別れたって、ほんと？」

「住谷《すみたに》さん、声が大きい……」

底抜けに明るく割り込んできたのは、同じ学部の住谷杏里《あんり》さんだ。秋が深まる季節にお似合いの真っ赤なベリーショートが眩しい。ゴーグルみたいにごつい黒縁眼鏡を掛けた目が、興味津々に俺を見つめている。

「やっぱり本当かぁ。まっ、気を落とさないで！　教授はまだ来てない？　そういえば、レポートやってきた？　あと学食の北海道フェアっていつからだっけ？　限定十食のざんぎラーメン、楽しみにしてるんだよねー」

住谷さんは、中身だけでなく外見までもが騒々しい。今日は全面にアメコミがプリントされたカラフルなパーカーとデニムのショートパンツ、紫と黄色のボーダーのタイツという出で立ちだ。俺は住谷さんを見るたび、十二色入りのクレパスを箱からばら撒いたような気分になる。前期の社会学の講義で同じディスカッション・グループに割り当てられて以来、顔を合わせるたびに話しかけられるようになってしまった。

サブローはあからさまに溜息をつくと、「眠いから、後ろの席に行くわ」と立ち上がる。基本的に人見知りで、女子には特に冷たい。幼少期から三歩歩けば老若男女関係なしに惚れられてきた人生なので、サブローなりの自衛手段なのだろう。当の住谷さんは気を悪くした様子もなく、「行ってらっしゃーい」と元気に手を振る。

「それで、結局どっちから別れを切り出したの？　立花君？　早苗？　確かまだ、付き合って二ヵ月くらいだったよね？」

「そこに戻すんだ……。振られたのは、俺だよ」

「じゃあ、早苗はすでに佐々木君にロックオンしてる感じか。立花君と付き合った瞬間から、早苗は女子の間で要注意人物だもんね。別れると同時に佐々木君を狙いにいくって、みんな噂してたもん」

満面の笑みで傷口に塩を擦《す》り込まないでくれ。住谷さんは男女問わず友人が多く、情報通だ。ふと、彼女のことを訊いてみようか、と思う。

艶のある黒髪をボブにした、小柄で色白で、背筋がピンと真っ直ぐな女の子。綺麗な声なのに話す言葉は辛辣で、だけど黒目がちな瞳が、信じられないほどきらきらして――

「ん？　なになに？　どうかした？」

「いや、何でもない」

有益な情報を手に入れるよりも、住谷さんにあらぬ噂を拡散されるリスクの方が高い。

そんなことを考えている間に、チャイムが鳴った。岩本《いわもと》教授が遅刻なんて初めてのことだ。教授は時間に正確で、いつも五分前には教壇に立っている。

「おっかしいなぁ、立花君には休講通知、届いてる？」

「いや、きてない」

念のためスマホから大学のポータルサイトを覗いてみたが、更新はされていなかった。

講義室がざわめきに包まれるなか、勢いよくドアが開く。入ってきたのは教授ではなく、学務課の女性事務員だった。チョークを取り、黒板に大きく『岩本教授、ぎっくり腰により本日休講』と書き込む。「やった！」という不謹慎《ふきんしん》な歓声が上がった。気の毒な教授のことよりも、降って湧いた九十分の自由時間をどう過ごすかで、みんな気もそぞろになっている。

「レポートの回収を行いますので、呼ばれた方から前に出てきてください」

女性事務員が履修者名簿を読み上げていく。俺の番がくるまでは、まだ時間がかかりそうだ。頬杖をつき、性懲《しょうこ》りもなく彼女のことを考える。彼女が読んでいた文庫本は、キャメル色の革のカバーで覆われていた。小説だろうか。読書が好きなら、俺と同じ文系か

――いや、それは短絡的《たんらくてき》すぎるか。ともかく、連絡先を聞けなかったことは失敗だった。でも、本当にそうか？　いくら運命の恋人でも、あんなに感じの悪い子は全然好みじゃない。あんなおかしな子――いや、あんな変な女、全然好きじゃない。二度と会えなくたって、俺は全然かまわない。

「立花、颯太さん！」

名前を呼ばれ立ち上がる。その瞬間、後ろのドアが、ゆっくりと開いた。いつもより騒がしい講義室のなかで、普段は聞き逃すような小さな音が、なぜだか耳についた。

振り向く前から予感はしていた。だからこそ、自分を奮い立たせるように、同じ言葉を心のなかで繰り返す。

全然好みじゃないし、ちっとも好きじゃない。二度と会えなくたって、俺は全然かまわない。

覚悟を決めて肩越しに振り返る。予想通り、彼女はそこにいた。

全然好きじゃない。全然……好きじゃない——なんて、やっぱり俺には言えない。

心臓の音がうるさい。俺と彼女の視線が絡み合う。学生たちがひしめく騒がしい空間のなかで、全ての音が止まった気がした。

「颯太さん！　立花、颯太さぁん！　欠席ですか!?」

しかし現実は、映画やドラマのようにはいかない。慌ててレポートを掴《つか》み教壇に向かう。

背中に彼女の視線を、痛いほど感じた。うなじや耳の裏が赤くなっていませんように、と祈る。その後、田中《たなか》、仲山《なかやま》、浜田《はまだ》、と次々に学生の名前が呼ばれてゆく。

「宝生《ほうしょう》まゆらさん」

「——はい」

凛とした声で返事をすると、彼女は真っ直ぐに前だけを見て教壇に向かう。

宝生まゆら。俺は、ようやく彼女の名前を知った。事務の女性にレポートを渡す彼女の後ろ姿を見ていると、住谷さんが小声で呟く。

「宝生さん、この講義、取ってたんだね。知らなかった」

「えっ、知り合いなの？」

「話したことはないけど同じ学部だよ。綺麗だから目立つしね。立花君は、同じ講義を取ったことないの？」

「ない……はず。というか、見かけたのも今日が初めて」

彼女はレポートを提出した後、元の場所には戻らずに、一番前の空いている席に座った。住谷さんは彼女の後ろ姿を眺めながら、「結構有名だよ、宝生さんは」と言う。

「入学してすぐの頃は、早苗たちと一緒に行動してたんだよね。だけどいろいろあって、今は宝生さんだけがグループから抜けたみたい」

「いろいろ？」

「うーん、単なる噂だから、話半分で聞いてほしいんだけど」

入学式で宝生さんに声をかけたのは、早苗の友人だった。初めのうちは学食でランチをしたり、カフェ巡りをしたりと、友好的に過ごしていたらしい。だがときどき、宝生さんが妙なことを口にするようになった。

最初の事件は、カフェでランチをしていたときに起こった。メンバーのひとりが注文した桃のパフェが運ばれてきた瞬間、宝生さんが鋭い声で『食べない方がいいと思う』と言ったのだ。だが桃が大好物だった友人は、制止を聞かずにスプーンを伸ばした。結果として、半分も食べ切らないうちに皮膚に発疹が現れ、呼吸が苦しくなり救急車で運ばれる羽目になった。大人になってから突然アレルギーになることは珍しくないが、問題は、なぜ宝生さんがそれを予測できたか、ということだ。

次の事件は、みんなでファミレスで課題に取り組んでいる最中に起こった。メンバーのひとりに、恋人から電話がかかってきたのだ。ちょっと会いにいってくる、と抜け出そうとする彼女に、宝生さんがまたしても『行かないで。その人とも、別れた方がいいと思う』と進言し、友人を怒らせた。結局その子は彼氏に会いに行き、仲睦《なかむつ》まじい現場を彼の妻に目撃され、大修羅場《しゅらば》に巻き込まれた。その子は、彼氏が既婚者だということを知らなかったのだ。

「そんなことが重なったからかな。みんな、宝生さんを怖がるようになったみたい。予知能力があるかも、なんていう噂は可愛い方で、酷いのになると、『自分の言うことに従わない人間に災厄をもたらすタタリちゃん』とかさ。もともと早苗のグループとは、ちょっと雰囲気が違う感じで浮いてたから、余計にね。宝生さんは、すごく真面目で潔癖みたいだし、みんなも一緒にいるのが息苦しかったんじゃない？」

「へぇ……」

確かに早苗は、フェミニンでおとなしそうなルックスとは裏腹に、あざとく要領が良い部分を持っている。だけど、そういう狡《ずる》さは俺にもあるし、お互い様だと思っていた。むしろ頑固で融通《ゆうずう》が利かなかったり、潔癖を他人にまで強いるタイプの方が苦手だ。

なのに、なぜだろう。講義室の一番前の席で、背筋を真っ直ぐに伸ばして座る彼女の後ろ姿から、目が離せなかった。艶のある黒いボブヘアーの隙間から覗く真っ白な耳が、世界で一番清潔で綺麗なものに見えた。

全員の出欠確認が終わると、次回提出用の課題プリントが配られる。教室が落胆の溜息に包まれた。さすが岩本教授。急病で倒れようとも学生を甘やかさない。

一番前の席の彼女は、事務の女性からプリントの束を受け取ると、一枚取って残りを後ろに回した。そのまま素早く立ち上がり、逃げるように講義室のドアへと向かう。考えるより早く、俺の体も動いていた。

「住谷さんごめん、俺のぶん、もらっといて！」

後ろから五列目の俺にプリントが渡るまで、呑気に待っていられない。バックパックを掴んで講義室を飛び出す。廊下にはすでに彼女の姿はなく、階段を駆け下りるブーツの音だけが聞こえる。廊下を走り、四階の階段の手すりから身を乗り出して下を覗く。三階の階段を駆け下りる彼女の姿が見えた。

「宝生さん！」

思い切って呼びかけると、彼女は顔を真上に向けて俺を見た。だがすぐに、俺から逃れようとするかのように足を速める。

「待って、話がしたいんだ！」

全速力で階段を下り、最後の四段くらいはジャンプして三階の踊り場に着地した。それでも彼女との距離は、まだ建物一階分。

「待って宝生さん！　逃げないでよ！」

「ついて来ないで!!」

彼女は二階の廊下に走り出た。どこかの講義室から聞こえてくる英文の朗読に、俺たちの足音が重なる。小柄で足が速い彼女は、ときどき肩越しに俺を振り返り、威嚇するように鼻の頭に皺を寄せる。あと数メートルで追いつく、というところで、彼女はすぐ傍のドアを開け逃げ込もうとする。俺は慌てて腕を伸ばし、小柄な背中に覆いかぶさるようにしてドアを閉めた。

「逃げないで、宝生さん。話がしたいんだ」

意固地に取っ手を引っ張り続ける彼女の頭上で、ドアを肘《ひじ》から下で押さえつけ体重をかける。俺とドアに挟まれた彼女が、窮屈そうに体をねじって振り向いた。お互いの息遣いを感じるほどに顔が近づき、また心臓が跳ねた。彼女は臆することなく、強気なまなざしで俺を睨みつける。

「開けてって言ってるでしょ！　ここがどこだかわからないの!?」

「場所なんて関係ない！」

つられて叫びながら、それでもふと、嫌な予感がした。俺が塞《ふさ》いでいるドアの横には、赤いピクトグラフが描かれたパネル。まさか……いや、間違いなく、ここは女子トイレだ。

「もしかして……俺から逃げたんじゃなくて、トイレに行きたかったの？」

彼女の顔が真っ赤になる。

「何で四階のトイレに行かなかったの？」

「四階のトイレは清掃中で、三階にはトイレがないの！」

「清掃中って……行ってもないのに、どうして、」

言いかけ、口をつぐむ。住谷さんから聞いた、彼女の噂。突然発症した友人の桃アレルギー、不倫の修羅場。――そうだ、あのときも。図書館の裏庭で、彼女の手のひらに吸い寄せられるように落ちた銀杏の葉。狙い澄ましたように、あらかじめ何もかもを知っていたかのように、タイミングが重なりすぎる。

もしかしたら、彼女は本当に――

ドアを押さえたまま立ちつくす俺に、彼女はついに、痺《しび》れを切らしたように叫んだ。

「もういいでしょ！　さっさと開けて!!」

「あっ、ごめん！　本当にごめん！」

速やかに手を離し引き下がる俺を、彼女が涙目で睨みつける。……おかしい。女の子に叱られて喜ぶ趣味はないはずなのに、胸の真ん中が、ぎゅっと縮む。この身悶《みもだ》えしそうな気持ちの正体は、俺にもよくわからない。ひとつだけ確かなのは、ロマンスが発生する舞台として、この場所は最悪だ、ということだ。

「そう。私、未来が見えるの」

学食の窓際のテーブルの向こうで、宝生さんは当然のように言った。彼女にとっては当然なんだろう。なにしろ、生まれたときからそうだったというのだから。

俺の反応は、「え……あ、そうなんだ……」という、非常に歯切れが悪いものになった。実は、未来が見えると言い出す人間に会ったのは初めてじゃない。俺は中学時代に同じクラスだった、山居《やまい》を思い出した。あいつも確か前世が見えるとか、僕の右手に触れるなとか後ろに立つなとか叫んでいた時期があった。あの年頃には珍しくない、よくある症状だ。だけど俺だって人のことは言えない。ずっと運命の出会いを待ち続け、目の前にいるよく知らない女の子が自分の相手だと、確信しているのだから。それどころか、こうして一緒にいればいるほど、彼女しかいないと思ってしまう。頭ではこんなにかわ——じゃない、こんなに感じが悪い子なんか絶対ごめんだ、と考えているのに、心と体が勝手に反応してしまう。彼女がまばたきをするだけで、長い睫毛の先で心臓をくすぐられたかのように、そわそわと落ち着かない気持ちにさせられる。

　あのあと、トイレから彼女が出てくるのを廊下で待った。ドアを開けた途端、露骨に迷惑そうな顔をする彼女を拝み倒し、三十分だけ時間をもらった。彼女が俺に課したルールは、時間制限の他にふたつ。図書館の裏庭のように、ふたりきりになる場所は禁止。半径五十センチ以内の接近も禁止。まるで俺が、ストーカーか変質者みたいな警戒ぶりだ。

　そんなわけで俺たちは、いつもの学食にやってきた。俺の前には、売店で買ったばかりの缶コーヒー。彼女の前にはペットボトルのミルクティー。奢るつもりだった俺を押しのけ、彼女はきっちり店員に代金を渡した。

「それじゃあ……宝生さんには、未来を見通す力がある。そして、俺たちは運命に定められた恋人同士、という認識で、よかったのかな……？」

「そうだね、それで間違いないと思う」

　おそるおそる切り出した俺の言葉を、彼女はさっくり肯定する。

「でも、大げさに考えないで。よくあることだよ」

「よく……は、ないと思うよ」

「そう？　生まれたときから親が決めた許嫁《いいなずけ》がいるなんて、昔は珍しくもなかったんじゃない？　決めたのが、親じゃなくて運命だ、っていうだけのことでしょう」

　彼女は目を伏せたまま、早口に言う。必死に問題を矮小化《わいしょうか》しようとしているようだ。図書館の裏で会ったときは、なぜか彼女はひどく腹を立てていて、正面から俺を睨んできた。だが今は、頑《かたく》なに俺の目を見ようとしない。怒りの感情と一緒に勢いも消えてしまったかのように、落ち着きのない態度だ。

「そんなに、じっと見つめないでくれる？」

「あ、ああ、ごめん。つい、目が」

離せなくて。うっかり本音がこぼれかけ、咳払いでごまかす。やっぱり可愛い。可愛すぎる。彼女がペットボトルのキャップを必死にひねろうとする仕草さえ、たまらなく可愛い。だが今は、骨抜きになっている場合じゃない。だらしなく緩んだ顔を引き締め、俺は彼女に向かって手を伸ばした。

「そのキャップ、開きづらいなら俺がやろうか？」

「触らないで！」

鼓膜がキンと震えた。ただでさえよく通る声が、昼下がりの学食に響き渡る。ざわめきが静まり、学生たちの目が、俺と彼女に集中する。

「私の五十センチ以内に入らないで、って言ったでしょ！　それ以上近付いたら、大声出すから！」

「……もうじゅうぶん、出てると思うよ」

そんなに汚いもののように扱わなくてもいいじゃないか。彼女はハッとしたように周囲を見回し、それから顔を赤らめた。

「……もう、立花君、さっきの学生証のときもそうだったけど、無防備すぎるよ」

そういえば、図書館の裏庭でも同じように汚物扱いされた。傷心の俺に、彼女は声を落として囁く。

「うっかり手と手が触れ合って、私まであなたを好きになっちゃったら、どうするの?」

俺は口にふくんだコーヒーを盛大に噴いた。彼女のふたつ後ろのテーブルに座っていた留学生の男子が、何語かよくわからない言葉を叫んで俺を睨む。申し訳ない。まさかそこまで飛ぶとは思わなかった。彼女はというと、素早く椅子を斜めにずらしたため、無事だった。テーブルに散った黒い染みを見ながら「だからミネラルウォーターにしたら?って言ったのに……」などと呟いている。確かに。

売店で缶コーヒーを手に取ったとき、彼女は『こっちにしたら?』と水入りのボトルを指さした。不思議に思ったものの、気合を入れて話し合いに臨《のぞ》みたかった俺は、そのままコーヒーを買ったのだ。もし彼女のアドバイスに従っていたら、ここまで大惨事《だいさんじ》にはならなかっただろう。白いパーカーの胸元に染みが広がってしまった。

やはり彼女に未来が見えるというのは、本当なのかもしれない。

「ええと……ごめん、もう一回言ってもらってもいいかな。もしかしたら、俺の聞き間違いかもしれないから」

机に飛び散ったコーヒーをティッシュペーパーで拭きながら、彼女の様子を窺う。彼女は椅子の背もたれにへばりつくようにして、俺を睨んでいる。

「だから、うっかり距離を詰めすぎて、私とあなたとの間に恋が芽生えたらどうするの、って言ってるの。端的に言うけど、立花君の今の状態は、おたふく風邪とか突発性発疹みたいなものだから。初めはびっくりするけど、すぐに落ち着くと思う」

「俺の今の状態、って――」

「だから、世界にふたりだけになったみたいに相手のことしか目に入らなくなったり、傍にいるだけで心拍数が乱れたりすることだよ」

「相手の周りがキラキラきらめいて見えたり、声が耳に焼き付いて離れなかったり？」

「そう。あとは、頭の中でウエディング・ベルみたいな鐘の音が、リンゴンリンゴンうるさく鳴り続けたりね」

「鐘の音……」

「鳴ってないの？」

「今のところは」

「……そう」

彼女は、ちょっと拗《す》ねたように目を伏せた。何だかよくわからないが、宝生さんは「ああ、もう」と唸《うな》り、苛立《いらだ》たしげに髪を触る。ちらりと覗いた耳たぶが、真っ赤になっていた。

「こんなふうになるのがいやだから、今まであなたに遭遇《そうぐう》しないように、必死に避け続けたのに……」

「こんなふう、って？」

「さっきから、いちいち訊き返さないで。それと、そんな目で見るのもやめて！　これ以上、おかしな気持ちにさせないで！」

宝生さんが本当に席を立ちかねない勢いだったので、俺は両手で自分の目を塞いだ。傍から見たら、かなり奇妙な光景だろう。でも視界が真っ暗になったぶん、少し頭が整理される。彼女はさっき、どさくさに紛れて、とんでもないことを言わなかったか？

——今まであなたに遭遇しないように、必死に避け続けたのに。

「じゃあ宝生さんは、ずっと俺の存在に気付きながら、名乗り出ることもなく避け続けてたの!?」

「初めて入学式で見かけた日から、ずっとね。あなたが立ち寄りそうな場所には近寄らないようにしたし、できるだけ同じ講義を取らないようにもした。一緒になっちゃったのは、さっきのスペイン語だけ。本当はフランス語を履修するはずだったのに、学務課の手違いでスペイン語に変更されちゃったの。運命は、どうしても私とあなたを出会わせたいみたい」

それでもなんとか顔を合わせないように、授業が始まる一分前に入室し、一番後ろの席に座っていた、と彼女は言う。終わった後は真っ先に教室を出ていた、とも。

「じゃあ、どうして今日は図書館の裏庭にいたの？　宝生さんなら、俺が来ることは予測できたはずだよね」

「それは立花君が、勝手に未来を変えるからだよ。私がどんなにあなたを振り切ろうとしても、いつも突然目の前に現れるから。教育学部棟の教室にいるはずのあなたが、なぜか人文学部棟の廊下で立ち往生をしていたり、とっくに学校を出て家に帰っているはずのあなたが、なぜか校門の前でしゃがみ込んでいたり——初めてあなたを見つけた日から今日まで、私がどれだけ苦労したか、きっとわからないでしょうね。植込みに隠れてやり過ごしたときは、セーターが枝に引っ掛かって穴が空いたし、二階の窓から飛び降りたときは、買ったばかりのパンプスのヒールが折れちゃったんだから」

……そこまでして、俺に会いたくなかったのか？　彼女は真顔で「私、運動神経には自信があるの」なんて言うけど……。どうやら俺は、自覚がないままに彼女と追いかけっこを繰り広げていたらしい。

「そこまでして俺を避けたかったんだね。よっぽど俺が、期待外れだったのかな？」

俺は顔を覆っていた手を下におろした。やっぱりどうしても、彼女の顔をちゃんと見て答えを聞きたかった。

宝生さんは怯んだように目を逸らした。まだひと口も飲んでいないミルクティーのボトルを掴み、席を立とうとする。

「別に、立花君だから、っていうわけじゃないよ。私はただ、恋愛なんていう、浮ついたものに気を取られている時間がないだけ。話はこれで終わり」

「待ってよ。俺はずっと、君を待ってた。小さい頃から知ってたんだ。この世界のどこかに俺のための女の子がいて、俺もその子のために生まれてきたってことを。自分でも、どうかしてると思ってる。でも、今こんなに……君の傍にいると、心臓が壊れそうなくらい苦しいから、やっぱりそうとしか思えない」

「残念だけど、私はもう違う。あなたに対して、特別な感情は持ってないから」

「……もう？　もうって、どういうこと？」

彼女の言葉に隠されたかすかな隙を、俺は聞き逃さなかった。彼女は俺から顔を背け、悔《くや》しそうに唇を噛んでいる。白い首筋が赤く染まっていた。

「もう違うって言うなら——初めて会ったときはどうだった？　俺は気が付かなかったけど、君が入学式で初めて俺を見つけてくれたとき、どう思った？　宝生さんも、今の俺が感じているのと同じように——あっ、もしかしてさっきの鐘の音って、そのときの」

「いい加減にして！　とにかく私は、絶対にあなたと恋なんかしない！」

宝生さんはトートバッグを肩にかけると、小走りで学食を飛び出した。

「宝生さん！」

自慢じゃないが俺は今まで、去ってゆく女の子を引きとめたことなんて一度もない。それでも俺のスニーカーの爪先は、真っ直ぐに彼女を追いかけた。

「待ってよ！　君はひとりで平気でも、俺は、君がいないと駄目なんだ！」

彼女の足が、ぴたりと止まる。振り向いた顔には、冷たい表情が貼りついていた。

「……小石川《こいしかわ》真琴さん。今井《いまい》莉々愛さん。森本早苗さん」

覚えがありすぎる名前の羅列《られつ》。俺が大学に入ってから付き合った女の子たちの名前。なぜ彼女がそれを？　青ざめる俺に、彼女がとどめを刺すように言う。

「あなたは、私じゃなくても、きっと平気だよ。今までも、他の女の子でよかったんだから」

立ち尽くす俺の前で、彼女はバッグから折りたたみ傘を出した。雨が降る気配もない秋晴れの空に、ぱん、と傘を広げる。白い傘が、彼女の顔の上半分にだけ、薄紫色の影を落とした。大きな花びらを重ねたような可愛らしいデザインは、開ききったチューリップに似ていた。

「立花君の今の気持ちは、一時の気の迷いだよ。これからは注意して私に近づかないようにすれば、すぐに忘れるよ」

次の瞬間、衣擦《きぬず》れのような音が聞こえた。突然降り出した雨に、学生や職員たちが、慌てて学食へと駆けてゆく。そんな中で、俺は立ちすくんだまま、ただ彼女を見つめた。

「さよなら、立花君」

彼女の目には、憐れみの色すらにじんでいた。遠ざかってゆく傘を追いかける気力は、もう残っていなかった。白いチューリップの花言葉は、《失恋》。あるいは《新しい恋》。

俺は昨日、二ヵ月付き合っていた女の子に振られて、その直後に運命の相手にめぐりあって恋に落ち、そして、その彼女にも振られた。

最低だ。でも自業自得だ。最低なことばかりしてきたから、罰《ばち》が当たったんだ。

強くなる雨足がパーカーとジーンズをずぶ濡れにしても、俺はその場所から踏み出すことも、引き返すこともできなかった。

第三話　日々草

「颯太君は本当に器用だな。もう俺、立花家に足を向けて寝られないよ」

「器用貧乏ともいうけどね、はは……」

「今日は元気ないね。何かあった？」

力なく笑う俺を見て、春永《はるなが》米穀店の三代目・太一《たいち》さんは、不思議そうな顔をする。具体的にいうと、運命の恋人と出会ったあとに完膚《かんぷ》なきまでに振られました、というところだが、そんなことを口にしたら商店街のみんなをざわつかせ、ことによると子供の頃からお世話になっている柴田《しばた》医院のおじいちゃん先生のところに担ぎ込まれるかもしれない。結局「レポートが終わらなくて寝不足でさ」とごまかした。

俺たちは店の奥でノートPCを開き、太一さんの動画チャンネル『米屋のオヤジが演奏してみた』の編集作業をしている。太一さんは若い頃、トランペットの奏者を目指しウィーンの音楽学校に留学していたことがあるのだ。去年開設した動画チャンネルは、投稿するたびにファンを増やし続けている。今回は流行のボカロ曲をジャズ風にアレンジしたもので、物悲しい音色が、失恋したばかりの俺の胸に滲みる。

動画を上げたついでに店のSNSの更新も手伝っていると、太一さんのお母さん・道子《みちこ》さんが、湯気のたつマグカップを手に顔を出す。特製の玄米生姜甘酒だ。

「颯ちゃん、さっきからくしゃみが出てるじゃないの。風邪のひきはじめはこれが一番！あらやだ、まだ髪の毛が濡れてるじゃないっ」

「学校で、にわか雨にあたっちゃって」

彼女——宝生さんと別れて家に帰ったあと、びしょ濡れの服は着替えたものの、髪の毛は軽く拭いただけだった。道子さんにタオルで頭をわしわし拭いてもらいながら、ノンアルコールの甘酒をすする。その間、商店街のホットニュース——裏の梅沢《うめざわ》さんちのヨークシャーテリアのおはぎが今朝から行方不明だとか、商店街を抜けた坂の上の豪邸にようやく買い手がついたとか、そこに元女優の一家が引っ越してきたとか……を聞いたのち、店に置いてもらっている大鉢のオーガスタとエバーフレッシュに栄養剤を挿し、五穀米二十キロ入りを二袋買ってバンに積んだ。我が家の分と、もうひとつは、三軒向こうの骨董《こっとう》屋・川久保さんの分。腰を痛めている川久保さんに代わって二階の自宅まで米袋を運び、お礼に、秋限定醸造のクラフトビールをひと箱貰った。今日の配達はこれで終わりだ。

運転席で信号を待ちながら、桃色に染まった空を見上げる。今頃彼女はどうしているだろうか。スペイン語以外の講義は被《かぶ》っていない、と話していたけど、同じ学部生なら、明日も顔を合わせるかもしれない。いや、きっと俺の方が、始終彼女の姿を探してしまうだろう。あんなにきっぱり拒絶されたのに。

住谷さんの話によると、入学したての頃の彼女は、早苗と親しくしていたらしい。俺と早苗が付き合っていたのは最近のことだけど、それでも早苗と彼女は、キャンパスで顔を合わせれば話くらいはしたかもしれない。一体彼女は、どこまで俺のことを知っているんだろう――

後ろで短くクラクションを鳴らされ、我に返る。信号はとっくに青に変わっていた。慌ててバンを発進させる。

もう無理なのかもしれない。潔癖そうな彼女のことだ、運命の恋を待ちながら、ふらふら他の女の子と付き合っていた俺のことなんて、願い下げだろう。だが後悔しても遅い。身から出たさび、自業自得だ。

俺は今日、人生に一度の特別な出会いをふいにした。

駐車場に車を入れ、裏口から店に戻る。狭い店内は、いつになく女性客でいっぱいだった。レジには見慣れないバイトが立っている。頬を紅潮させた女性のひとりが「あ、あの、私をイメージしたブーケを作ってもらうことって、できますか?」と話しかけるも、「すいません、俺、そういうのはよくわかんないんで」と、すげなく断られていた。接客業にあるまじき塩対応だ。すかさず笑顔の店長・母が「ごめんなさいねー、こいつ、ビジュアル担当だから」と間に入る。

「お客さんはオレンジのリップがお似合いだから、こっちのダリアはどう？　あとは薔薇とカーネーションで暖色系でまとめると可愛いんじゃない？　だよなっ、サブロー」

「そっすね、いいんじゃないっすか」

　気のない返事をしただけなのに、あちこちから悲鳴と歓声が上がる。レジに女性客が殺到し、店内は、サブローによるブーケお渡し会場と化した。閉店までの一時間、俺と母はひたすら黒子に徹し、ブーケを作り続けた。店の外まで行列ができるなんて、初めてのことだ。

「母さん、サブローに変なことさせるなよ」

「いや、お前の忘れ物を届けてくれたんだけど、ついでに美咲の代わりに店番してくれるって言うからさ。こんなに客がくるなら、毎日でもレジに入ってくれねーかな。いっそ婿《むこ》に入るか、サブロー」

「ぜひ」

　ぜひ、じゃない。余計なことを言う母に眉をひそめていると、二階から姉の美咲が下りてくる。普段のすっぴんジャージ姿ではなく、化粧をして髪を巻き、シンプルなワンピースに着替えていた。相変わらずの化けっぷりである。

「サブロー、ちょっとイヤリングを着けてよ」

姉が長い髪を片側に寄せると、サブローがうやうやしい手つきでパールのイヤリングを留めてやる。学校の女子が見たら卒倒しそうな光景だ。

俺にとっては永遠の謎のひとつだが、なぜかサブローは、姉の美咲に夢中なのだ。そしてうちの家族は俺以外、サブローの片思いに気付いていない。姉の左手の薬指には、ダイヤモンドがきらめくエンゲージリング。つまり、なかなか複雑な状況なのだ。

「お母さん、あたしこれからプランナーさんとの打合せだから。夕飯は適当に外で済ませてくる」

「ドレスの試着だっけか？　颯太かサブローを連れてったらどうだ？　男の意見も必要だろ」

「男って……まぁ、いないよりはましか。サブロー、一緒に来る？　夕飯くらいなら奢るよ」

それはさすがに酷《こく》すぎる。目が死んでいるサブローの代わりに俺が「いやサブローは俺と予定があるから、母さんが一緒に行ってきなよ、たまには母娘《はは　こ》水入らずでさ！」と苦しい言い訳をし、姉と母をまとめて送り出した。あとに残されるのは、意気消沈したサブロー。閉店作業をする傍ら、恋煩《わずら》い中の幼馴染のためにインスタントコーヒーを淹れてやる。

俺がサブローの片思いに気付いたのは、小学校高学年の頃だっただろうか。姉に初めて恋人ができたとき、サブローは驚くほど落ち込んだ。俺たち三人は昔から、本物の姉弟のように育ったのだ。もともとシスコン気味だと思っていたが、まさか本気の片思いだったとは。

姉はサブローの恋心に気付くこともなく、高校時代からの恋人だった仁《じん》さんと交際を続けた。仁さんは東京《とうきょう》の大学に進学し、その後、誰もが名を知るおもちゃメーカーに就職。長い遠距離恋愛の末、ふたりはめでたくゴールインが決まった。式や披露宴は地元でする予定だが、その後姉は、仁さんとふたりで東京で暮らすことになる。

「美咲、未だにひとりで式の準備をさせられてるのかよ。そんな男のどこがいいんだ？」

「させられてるんじゃなくて、自発的に動いてるだけだろ。仁さんは仁さんで、東京で暮らす新居の準備で忙しいらしいし」

「あー、東京とか新居とか、ほんと聞きたくねえ……」

サブローが絶望的な声で呻く。店内に咲き乱れる色とりどりの花と、悩めるサブロー。画力《えぢから》が強すぎる。

「何が悲しくて、好きな女が他の男のために着るドレス選びに付き合わなきゃいけないんだよ。美咲のやつ、俺を何だと思ってるんだ？」

「実の弟より自分のいうことを聞く、可愛い舎弟《しゃてい》。……睨むなよ。そんなに好きなら、あのふたりが遠距離になった時点で、どうにかしとけばよかったんだよ」

実際、八年の遠距離恋愛で、姉と仁さんには何度か破局の危機があった。そんな姉を支えたのが、他でもないサブローだ。深夜に電話で愚痴を聞かされるなんて序の口で、朝まで飲みに付きあわされることもしょっちゅうだった。その結果がふたりの結婚なんて、不《ふ》憫《びん》にもほどがある。

「だけど美咲は、俺が少しでも男の空気感を出したら、今まで通りに会ってくれなくなるだろ」

確かに。姉はそういうところで仁義を重んじる女だ。

「どっちにしろ、そろそろ覚悟を決めとけよ。俺は、義理の兄貴が仁さんでもサブローでも、どっちでも嬉しいよ」

うなだれる幼馴染の背中を叩く。サブローは深い溜息をつき、「ラーメンでも食いに行くか」と笑った。


店のシャッターを閉め、父にメッセージを送る。夕飯は各自外食、と送るとすぐに、寂しげな小リスちゃんのスタンプが返ってきた。

サブローは外で待っていた。店の隣の駐車場に佇《たたず》んでいる。かつてサブローが、サブローのじいちゃんばあちゃんと暮らしていた場所だ。『自転車屋ささき』は、老夫婦が亡くなったあとはカフェになり、その後クリーニング店になってから、現在は月極《つきぎめ》駐車場に変わっている。何もない空間をぼんやりと見つめるサブローの口から、白い息がこぼれていた。

「サブロー、ラーメン何にする？　煮干し？　豚骨？」

思わず肩に腕を回す。サブローがちょっと笑った。

「煮干し一択だろ。そういや颯太、今日の二限目、突然教室を出てったよな？　腹でも壊したかと思ったけど、女を追っかけてったって？」

そのことについては触れたくない。どう返そうか考えていると、視界の端を、黒っぽいものが横切った。夕暮れの商店街を、首から赤いリードを垂らして走る姿。ピンと立った三角の耳は、脱走の常習犯・梅沢さんちのおはぎだ。

「ラーメンは、また今度だな。学食での公開処刑については、明日学校で教えろよ」

「手伝ってくれないのか？」

「俺、動物嫌いだもん」

薄情なサブローは、さっさと路地裏に入っていく。おはぎは足を止め、電信柱に顔を寄せてふんふんと鼻をひくつかせている。俺はそろそろと、小さな背中に近づく。地面に伸びる赤いリードに、ほんの少しで指先が触れそうになった瞬間、おはぎが俺を振り返った。

「おはぎ、いいか、動くなよ、いい子だから、絶対に動くなよ」

俺の言葉を前ふりと勘違いしたのか、おはぎは元気よく走り出す。

「おはぎ、ステイ！」

それらしく叫んだところで、飼い主でもない俺の命令に従うはずがない。商店街の裏通りを走り抜け、古い団地が建ち並ぶ辺りで、俺はおはぎの小さな体を見失った。

困り果てて立ち止まったとき、小さな悲鳴が聞こえる。次いで、おはぎの吠え声。雑草が伸びた小さな公園で、おはぎは何かにリードを取られ、もがきながら助けを求めていた。

ほっとして駆け寄ろうとした瞬間——足が固まる。

枯草に広がる、真っ赤なスカート。裾から伸びる、引き締まった白い脹脛《ふくらはぎ》。そこに赤いリードが絡みついていた。

立ちすくむ俺の足許で、彼女は上半身だけを起こしながら、忌々《いまいま》しそうに呟く。

「またあなたなの」

ロマンスの神様は、どうしても俺と彼女を結びつけたいらしい。おはぎがもがけばもがくほど、赤いリードは彼女の脚に食い込む。

「見てないで、早く外して！」

だめだ、ついつい目が釘付けになってしまった。ためらいながら白い脚に手を伸ばした瞬間、彼女がまた悲鳴のような声をあげる。

「リードじゃなく、その子の首輪を外して！」

まったくその通りだ。うっかり魔が差した。首輪を外し、おはぎを抱き上げる。彼女は体を起こすと、両方の脹脛を縛り付けていたリードをほどいた。

「ごめんね、怪我しなかった？」

「平気。ちょっと驚いただけ」

彼女は服についた土を払うと、リードと首輪を俺に差し出す。俺の腕の中で暴れるおはぎを見て、不審そうに眉を寄せる。

「本当に、あなたの家《うち》の子？」

「ご近所さんの犬で、全然なついてくれないんだよね」

「貸して」

おはぎは彼女の胸に抱かれ、心地よさそうに目を細める。現金な奴。ちなみに雄だ。

彼女は片手でおはぎを抱えたまま、地面に散らばった荷物を拾おうとしている。筆記用具やテキスト、可愛らしいポーチ。しゃがみ込んで手伝いながら、彼女に訊ねる。

「こんな路地裏で、何をしてたの？」

彼女は目を伏せたまま唇を噛んだ。答えてくれるつもりはなさそうだ。

「家まで送るよ。もう暗いから」

「平気、すぐ近くだから」

「宝生さんち、どこなの？」

「……桜大通《さくらおおどお》りの、お城の近く」

嘘だろ？　俺の家から、目と鼻の先だ。

「先週、引っ越してきたの。パ……父が、私と母に相談もなく、勝手に家を買ったから」

もしかして、商店街でも話題の三階建ての豪邸のことだろうか。庭には薔薇のアーチと白いブランコがあり、おとぎばなしに出てきそうな可愛らしい外観は、建設中から近隣住民の注目を集めていた。だが、建て主が急に海外転勤になったとかで、新築のまま売りに出されていたのだ。

「俺の家、土手町の花屋なんだけど」

「知ってる。『立花フラワーショップ』」

とっくに調べはついているようだ。彼女はおはぎを抱きしめると、短い巻き毛の背中に顔をうずめるようにして呟く。

「もう、うんざり……。どれだけ苦労すればあなたから離れられるの？　もともと父は勝手な人だけど、まさかあなたの店の近くの家を買うなんて……」

本気で困り果てているらしい彼女に、どんな言葉をかけるべきかわからなかった。重たい空気を変えるために、努めて明るい声を出してみる。

「これも、運命のいたずらかな？」

「ふざけないで！」

勢いよく顔を上げた彼女の目には、涙が滲んでいた。

「あなたに遭遇しないようにするために、私がどれだけあなたのことを調べ尽くしたと思ってるの？　授業や、よく行くお店だけじゃない！　好きな場所も、好きな食べ物も、全部知ってるんだから！」

「なんで、そこまで……」

「会いたくなかったから！　あなたに、絶対に会いたくなかったから！」

どうして俺はここまで叩きのめされないといけないんでしょうか。立ち尽くす俺たちの間で、おはぎが呑気に耳を掻いている。

「私、ちゃんと、全部知ってる。雨の日は、あなたの髪の毛が少し跳ねることも、欠伸のときに鼻の頭に皺ができることも、笑ったときの眉毛が八の字になることも、甘いものは苦手じゃないけどコーヒーはブラックの方が好きなことも、誰かに話しかけられたときは、いつも絶対にスマートフォンから目を離すことも、スペイン語の発音が綺麗なことも。全部知ってる。あなたが付き合ってきた女の子たちよりも、ずっと」

長い睫毛の先に溜まった涙が、ひとつぶこぼれた。夕陽に照らされた頬をすべるしずくが、金色にきらめいている。

「あなたのことを全部調べて、完璧に避けようと思ったの。だけど調べれば調べるほど

「……」

宝生さんは唇を噛んだ。涙を拭《ぬぐ》い、「もういい」と俺に背を向ける。虚勢《きょせい》を張るように突っ張った肩を見ていると、たまらない気持ちになった。この子は馬鹿だ。こんなに馬鹿で、こんなにも可愛い子に、俺は今まで出会ったことがない。強気な表情とあまのじゃくな言葉に、心をめちゃくちゃにかき乱される。

気が付けば俺の手は、彼女の手首を掴まえていた。柔らかなニットの生地越しにも、腕の細さがわかって、慌てて力を緩めた。振り向いた彼女は、大きな目を真ん丸に見開いていた。

「よくない。ちゃんと、最後まで聞かせて」

俺の言葉に、白い頬が赤く染まる。怒鳴られるか、手を振り払われるか。

だが、そのどちらでもなかった。

「今日は手を拭いた？」

冷ややかな声に、指先が凍りつく。

「早苗さんが言ってた。『颯太は手を繋ぐ前に、必ずジーンズの後ろのポケットで手のひらの汗を拭く』って。そういうところが可愛いって。お店の手伝いで手も荒れがちだから、早苗さんに触れるときはいつも、『ごめんね、痛くない？』ってきいてくるところも、優しくて好きだって」

手が汗ばみやすいのは、俺のコンプレックスだ。緊張すると余計にひどくなる。現に今、手のひらどころか体全体に冷たい汗が滲み始めている。力が抜けた俺の手から、彼女の手首が滑り落ちた。

「そ、そっか。友達なんだよね、早苗……いや、森本さんと！」

「別に。最近は話してないから。講義室で早苗さんが、他の女の子と楽しそうに話してるのが耳に入っただけ。あとは、頼まれて講義のノートを貸したことがあるくらい」

――ノート……？

俺の足許には空色のキャンパスノートが落ちている。とっさに拾い上げ、彼女の許可も得ずに開いた。

黒いボールペンの文字が、ほんの少しの乱れもなく、隙間なく整列している。堅苦しいほどに整った几帳面な文字。早苗と図書館で出会った日、俺が見たものと同じだ。

この文字は、早苗ではなく、彼女のものだったんだ――。

「勝手に見ないで！」

俺の手からノートをひったくると、彼女はトートバッグを肩にかけた。小さな背中を見つめながら、自分の間抜けさに消えてしまいたくなる。

大学の入学式から今日まで、彼女はどんな思いで俺を見つめていたんだろう。

「宝生さん、ごめん。俺……」

「謝る必要、ないから。あなたが誰と付き合おうと自由だよ。私もそれを望んでいたからこそ、あなたを避け続けてたんだから。咎《とが》める権利なんてない」

……確かに、それもそうだ。俺たちの小指に結ばれた赤い糸をもつれさせているのは、他ならぬ彼女だ。もし俺が、もっと早く彼女と出会っていたら、他の女の子なんて絶対目に入らなかった。それだけは自信がある。

「宝生さん。どうして俺じゃだめなの？　どうして運命に逆らってまで、俺を避け続けるの？」

結局のところ、その真相を知らずには納得できない。ペンケースを拾おうとしていた彼女の手が止まった。

「……聞きたい？」

試すような口ぶりに、不吉な予感がする。

今まで考えもしなかった、最悪の可能性が頭をよぎる。そうだ、運命の恋が、必ずしもハッピーエンドを迎えるとは限らないじゃないか。俺が今日さぼった講義は、五限目の英文学B。今期のテーマはシェイクスピア。深く愛し合いながらも、不幸なすれ違いから命を絶ってしまったロミオとジュリエット。復讐に取り憑かれ、恋人の父親を殺してしまったハムレットと、その事実を知り正気を失い、歌いながら川の底に沈んだオフィーリア。愛し合う恋人たちが残酷な運命に引き裂かれる物語を、俺は今まで、辞書を片手に四苦八苦しながら読んできたじゃないか。どうして今まで気付かなかったんだろう。俺たちの運命の恋の先には、想像を絶するような悲劇的な結末が待ち受けているのかもしれない。逆にそれ以外に、彼女が俺を拒む理由が見当たらない。

「一応、確認だけど——実は俺たちは、生き別れになった二卵性の双子の兄妹だったとか、立花家と宝生家は先祖代々敵同士だとか、生きるべきか死ぬべきかそれが問題だ、みたいな話じゃ、ないよね？」

「どうかな。でも、聞かない方がいいと思う」

つれなく言い捨てると、彼女は俺の胸におはぎを押しつけた。慌てて首輪とリードをつけ、地面に下ろす。そのあいだにも彼女は空き地を出て、ずんずんと歩いてゆく。

「ついてこないで！」

「でも、方向が一緒だし」

彼女は眉を寄せると、踵《きびす》を返し反対の方向に向かおうとする。遠回りでもする気なのだろうか。

「宝生さん、無駄だと思うよ。俺たちきっと、どうしたって出会っちゃうんだよ」

そもそも彼女が路地裏にいるのは、商店街を通って俺と遭遇することを避けるためだろう。だけど運命が俺たちの恋を後押しし続ける限り、どんなに彼女が俺から逃げたところで、きっと何度でもめぐりあってしまう。

「とりあえず今日は一緒に帰ろう。この辺りは外灯が少ないからすぐに真っ暗になるし、宝生さんが平気でも、俺が心配なんだ。もし宝生さんに何かあったら、俺は一生後悔す——」

「やめて!!」

悲鳴のような声で俺の言葉を遮り、彼女は顔を俯けた。それから、今度は逆に消え入りそうな声で呟く。

「……わかったから、そういうことは言わないで」

髪の隙間から覗く耳が、夕焼けよりも赤くなっていた。

結局俺たちはそのまま、商店街の一本裏通りを歩いて彼女の家に向かうことにした。おはぎのリードを引きながら、彼女の斜め後ろを歩く。

後ろ姿を見つめるだけで、胸がいっぱいだった。俺との未来が見えている彼女が、俺との恋を拒んでいる。それだけで答えはじゅうぶんなのかもしれない。俺は彼女に、彼女が望む幸せな未来を見せてあげられない。そんな男に、彼女を引き止める資格なんてない。

「……家、ここだから」

彼女のブーツの足音が止まる。落ち着いた緑色の屋根に、真っ白な外壁と頑丈そうな門、薔薇のアーチ。インターホンの横には、数日前までは見かけなかった看板が掲げられていた。『宝生バレエ教室』。ラベンダー色の文字の横には、優雅なバレリーナのイラストが描かれている。

「宝生さん、バレリーナだったんだね。だからそんなに姿勢が綺麗なんだ。だめだよ、バレリーナが二階から飛び降りたりしちゃ」

笑いながら言うだけで、精一杯だった。薔薇のアーチの上方には、おとぎばなしに出てくるような見事なバルコニーが張り出している。商店街の花屋の息子とは、住む世界が違う。

「平気。こう見えても私、鍛えてるから。それに、もう二度と踊らないって決めてるの」

やけにきっぱりとした口調だ。どうして？　と問いかける前に、彼女が俺に向き直る。黒目がちな瞳が、真っ直ぐに俺を射抜く。

「立花君。明日から、どこかで私を見かけても、二度と声をかけないで。もし今日みたいなことがあって、私が困っていたとしても、助けないで。知らんぷりして」

外灯に照らされた彼女の頑なな表情が、俺の視線をとらえて離さない。落ち着きなく動き回るおはぎにリードを引っ張られながら、それでも石のように動けない俺を見て、彼女の表情がかすかにやわらいだ。

「大丈夫。少しずつ慣れるよ。胸が高鳴って苦しくなるのも、声をかけたくて、声が聞きたくて、視線をつかまえたくて、振り向いて欲しくて、たまらなくなるのも——初めのうちだけ。一年も我慢すれば、徐々に落ち着くはずだから。……ときどきは、ぶり返すかもしれないけど」

棒立ちする俺を励ますように重ねる言葉が、余計にたまらない気持ちにさせる。

この子は、自分が何を言っているのか、きっとわかってない。俺を突き放すための言葉が、この一年半、密かに俺を見つめ続けていた彼女の心の中をさらけ出していることになんて、きっと全然気付いていない。

立ち尽くす俺を置き去りに、彼女が家の門を開ける。胸の高さほどの門を閉めながら、彼女が俺を見た。クランベリーみたいに赤い唇が、ゆっくりと動く。

理屈じゃなく、いやだ、と思った。彼女の口から、今日三度目の、そしてもしかしたら最後になる「さよなら」を聞くのだけは、絶対に嫌だ。

リードを乱暴に引っ張ってしまったせいで、おはぎが抗議するように短く吠えた。門を挟んで二十センチ向こうにある彼女の瞳が、大きく見開かれる。格子状の門を握り締める俺の手は、汗ばんで震えていた。

「無理だよ、宝生さん」

頭が真っ白で、声が上擦る。

「今日、学食でも言ったよね。君はひとりで平気でも、俺は、君がいないとだめなんだよ。それに俺たち、もったいないと思わない？　せっかく運命の恋人にめぐりあえたのに――そうだよ、宝生さん！　俺たち、もったいないよ！」

何を言ったら彼女の気が変わるかわからない。でも、とにかく必死だった。

「俺たちは、運命に選ばれたふたりなんだ。つまり、それくらい相性が良いってことだよね。仮に恋に落ちなかったとしても、きっと親友になれるくらい気が合うはずだ。そんな相手は、この先一生現れないよ！」

「……親友？」

彼女の瞳が揺れる。

「そうだよ！　それに君は学食で、俺が勝手に未来を変えるから迷惑してる、って言ってたよね？　だから今、君に見えてる俺たちの未来が、まったく違う結末に向かうことだってあるはずだ。それなら、もう二度と会わないなんて言わないで、まずは友達から始めて様子を見るっていうのはどうかな！」

我ながら無茶な提案だと思う。今のところ、俺と彼女に共通点なんかない。相性がいいとも思えない。家庭環境も真逆だろうし、気が合うとも、話が合うとも思えない。なぜ運命が俺たちをくっつけようとしているのか、不思議なくらいだ。

それでもどうしても、彼女と繋がっていたかった。このまま終わりにするなんて、絶対にいやだ。

「友達……」

彼女は門に手をかけたまま、小さく呟いた。まるで舌の上でキャンディを転がすように、その単語の意味を、甘さを、確かめているようだった。俺の苦し紛れな提案は、奇跡的に彼女の心に響いたらしい。

「わかった。立花君、私たち親友になろう」

本当なら、試合終了直前にゴールを決めたストライカーのように、拳を挙げてのけ反りたかった。だが、なんとかポーカーフェイスを保つ。

「うん、そうだね。まずは親友から――」

「から、じゃなく、ずっと親友。それ以下になることはあっても、以上にはならない。絶対に」

固まる俺の足許で、おはぎが自分の尻尾を追いかけて遊びだす。ぐるぐる回る小さな背中と同様に、俺の頭も混乱していた。

「ずっと……？　友達から、じゃなく、友達のまま？」

「映画や小説でもあるじゃない。友達関係が長すぎて『もうお互い異性としては見られない』って。そういう崇高《すうこう》な関係が、私たちの目指すところだと思うの」

いやだ。そんな薄気味悪いものを目指したくない。反論しようとする俺の口を封じるように、彼女は厳かに囁いた。

「立花君、これは実験だよ」

「実験？」

「運命の恋人と恋に落ちないための実証実験。その方法としてまず、親友を目指してみよう。それなら、もう不自然に避ける必要もなくなるね。そうだよ、どうして気が付かなかったんだろう！　もしかしたら運命は、避けるからこそ面白がってくっつけようとしていたのかもね！」

どうやら彼女は本気らしい。やはり俺の運命の恋人は、相当おかしな女の子のようだ。

「実験に失敗したらどうなるのかな」

「そしたら、もう二度と会わない。絶交だよ」

「実験自体がいやだって言ったら？」

「それなら、ここでお別れ」

なんだ、その究極の選択は。俺たちを繋ぐ赤い糸を、彼女はいたずらな子猫のように複雑にもつれさせる。でも余計なことを取り払ってシンプルに考えたら、明日も彼女に会えるか、会えないか。それだけだ。

何も知らないおはぎが、つぶらな瞳で俺を見上げる。どこかの家の花壇にでも突っ込んだのか、長い毛にはピンク色の、日々草の花びらがくっついていた。花言葉は――《生涯の友情》。

「……よろしくお願いします」

絞り出すような声で呟くと、薄闇の中、彼女がかすかに微笑んだ気がした。

小さな背中が薔薇のアーチの向こうに消え、完全に見えなくなるまで、おはぎにリードを引っ張られながら見送った。

「ずっと親友のまま、だってさ……。どう思う?」

俺の問いかけに、おはぎは小さく首を傾げた。俺の運命の恋は、どう考えても前途多難だ。

第四話　シナモンとカルダモン

「それで結局、立花君と宝生さんは付き合ってるの？」

「付き合ってない。友達」

今のところはね、という言葉は、口には出さずにおく。住谷さんは「えー、隠さなくてもいいじゃん」と不満げだ。

俺たちは、次の講義までの時間を学食で潰している。大学の基礎教養科目は選択式なので、同じ学部生だからといって毎日顔を合わせるわけではない。だが今期はたまたま住谷さんと興味の範囲が被っているらしく、講義室でビビットな赤髪を見かける確率がやたらに高い。

「立花君、今日のたい焼きは何味？　私のお好み焼きと半分こしない？」

「コンポタ。食いかけだけど、いいの？」

「平気平気、全然気にしない」

住谷さんは割り箸を大胆に使い、皿に載ったお好み焼きをわしわしと半分にする。俺も齧りかけのたい焼きをふたつに割った。学食のたい焼きとお好み焼きは値段が手ごろで、中の具も日替わりで飽きがこないので、金欠学生の味方だ。

「だけど最近の立花君、いつも宝生さんと一緒にいるじゃん」

「毎回待ち合わせしてるわけじゃないよ。偶然会っちゃうだけ」

「いやいや、絶対嘘でしょ」

本当だ。何しろ俺たちは運命に選ばれしパートナー。わざわざ示し合わさずとも、あらゆる場所でドラマティックな遭遇を繰り返す。道端でハンカチを拾えば彼女のものだったり、教授に頼まれた資料を探しに書庫に入れば、彼女が目的のファイルを持っていたりする。まさに運命的な出会いのオンパレード。ただし俺たちの関係は、永遠に親友だ。実験を開始した日から、今日でちょうど一週間が経過した。

「まっ、私は、男女の間に友情は存在する派だけどね。でも立花君、最近妙にやつれてない？　悩みごとなら相談にのるよ。こう見えて私、口が堅いんだから」

「それこそ、嘘でしょ」

「バレたか」

こういうことを言っても憎めないのが住谷さんの得なところだ。確かに、悩みごとはある。住谷さんにつられてたい焼きを買ったものの、大して食欲もない。原因はもっぱら俺の運命の恋人――改め、無二の親友を目指して絶賛友情をはぐくみ中の、宝生さんについてだ。

住谷さんは口許にソースと青海苔をつけたまま、興味津々といった様子で目を輝かせている。正直今は、猫の手ならぬ住谷さんの手でも借りたいほど悩ましい。

「俺じゃなくて、俺の友達の話なんだけどさ——」

気休めの予防線を張ってから口を開いたとき、甲高い悲鳴が耳をつんざいた。それもひとつではなく、複数の。ざわつく学生たちの視線の先には、サブローがいた。俺と住谷さんに気付くと、「よう」と片手を掲げる。それだけでまた、学食の内外から悲鳴が巻き起こる。皇族か、お前は。

「うそ、佐々木君!? イメチェン? いや、脱皮!?」

「お、お前……どうしたんだよ、その恰好」

「驚きすぎだろ」

うろたえる俺と住谷さんの前で、サブローは涼しい顔で顎をさする。トレードマークの無精髭が消えていた。伸ばしっぱなしの髪もカットされ、よれよれのスウェットと汚いデニムではなく、質の良さそうなニットにゆるめのパンツを合わせている。靴もビーチサンダルではなく、秋らしいレザーのスニーカーだ。野性味が減ったぶん、洗練されたノーブルな美しさが際立っている。

「とりあえず今日、美咲と飲みに行く約束してるから。式の前日まで、ラストスパートで本気出すわ」

「お、おおお前、俺の姉ちゃんを、どーする気だ!?」

「ん？　幸せにしたいと思ってる」

「やめろ、さらりと殺し文句を吐くな。通りすがりの掃除のおばちゃんが流れ弾で負傷し、ウッと胸を押さえている。

動揺しまくる俺にサブローは、「覚悟を決めろって言ったのは颯太だろ」などと言う。

確かに、どっちが義理の兄貴になってもいい、などとうそぶいたのは事実だし、幼馴染の恋を応援したいのはやまやまだが、俺は、姉の婚約者の仁さんのことも好きなのだ。フェロモンたっぷりの魅惑の年下男子か、心優しい癒し系のエリートサラリーマンか……ああどっちも選べない、いや選ぶのは俺じゃないけど。

月9のヒロインばりに頭を抱える俺の前で、住谷さんはサブローに向かって両手を掲げ、自分の顔を扇ぐような奇怪な動きをしている。

「ありがたや、ありがたや……」

「住谷さん、浅草のお寺で煙を浴びるおばあちゃんじゃないんだからさ」

「でも佐々木君の美のオーラを浴びたら、ご利益がありそうじゃん」

サブローが顔を背けて噴き出す。どうやら住谷さんへの評価が「鬱陶しいうるさい女」から、「ちょっと面白い女」に変わったようだ。

「同じ学部の住谷さんだっけ、よろしく」

微笑むサブローに住谷さんは息を呑み、真顔で「いやー、これは、立花君の歴代彼女が心変わりしても仕方ないわ」と頷いた。憐れみの目で見ないでくれ、全然嬉しくない。

だがそうだ、姉のことも心配だが、こんなサブローを絶対に宝生さんに見せるわけにはいかない。彼女も、早苗や莉々愛や真琴のように、一瞬で心を奪われてしまうかもしれない。

「そういえば俺、学務課に用事があったんだ！　先に出るわ」

食べかけのたい焼きをサブローに押しつけ、素早く席を立った瞬間だった。最悪のタイミングで「立花君？」という、透き通った声がする。振り返ると、肩にトートバッグをかけた宝生さんが立っていた。しまった、遅かった。

「あっ、宝生さんだ！　私、同じ学部の住谷杏里。話すのは初めてだよねっ、よろしく！」

「佐々木です、よろしく。最近、颯太と仲が良いみたいだね」

常に前のめりな住谷さんはともかくとして、サブローの愛想がやけに良い。なぜだ、女子には全員塩対応と決めているんじゃないのか？

宝生さんは、緊張気味に「どうも」と会釈してから、すぐに俺に向き直った。

「立花君、スペイン語の課題、やってきた？　私、ちょっとわからないところがあったんだけど……」

いつもと変わらぬ様子で話し始める彼女に、ぎょっとする。

「宝生さん、サブローを見てもなんともないの？」

おそるおそる問いかけると、彼女は不可解そうに眉を寄せ、再びサブローに視線を戻した。驚くべきことに、皿の上の食べかけのお好み焼きを見るのと、さして変わらぬ目つきをしている。

「なんともって、どういうこと？」

「動悸《どうき》とか、めまいとか、息切れとか、火照りとか」

「もともと佐々木君のことは知ってるけど」

「そ、そうだよね、こいつ、有名人だもんね。でもさ……」

「そうじゃなくて、私、いつも立花君を見てたから。よく一緒にいる人の顔くらいは覚えるよ」

……動悸、めまい、息切れ、火照りは、俺の方だ。

サブローが愉快そうに笑い、「颯太のおまけだとしても、認識してもらえてて光栄だよ」などと言う。住谷さんに至っては「宝生さん、もしかして相当視力が悪いの？」などと訊き、「左右とも二・五だけど」と返されていた。

「颯太の言う通り、宝生さん、面白いね。俺とも友達になってよ」

「佐々木君、ずるい！　私もっ。宝生さん、私とも仲良くして！」

「だめだよ宝生さん、友達は選ばなきゃ！　住谷さんはともかく、こっちの男は危険人物だから！」

慌てて彼女の前に立ちはだかる俺に、宝生さんはきっぱりと言う。

「大丈夫だよ、立花君。私にとっての危険人物は、地球上であなただけだから。あなた以外の男性にどんなことを言われても、何をされても、私の心に何の影響もおよぼさない。心配しないで」

……誰か、この子をどうにかしてくれ。危険人物は俺じゃなく、君だ。「立花君、顔が真っ赤だけど大丈夫？」などと怪訝そうに言うが、全部君のせいだ。

「宝生さん、ちょっと早いけど、先に講義室に行こうか！　わからないところがあるなら、一緒に見直そう！」

「俺も付いてっていい？　お前ら見てたら、面白いから」

「私もっ」

野次馬心を隠そうともしないサブローと住谷さんを振り切り、俺は宝生さんと学食を出た。宝生さんは心なしか名残惜しそうだったが、俺としてはできるだけ、サブローを彼女から遠ざけておきたい。

昼休み中の講義室は人がまばらで、俺たちは前から二列目の席に並んで座った。テキストを広げ、彼女が躓《つまず》いた部分を一緒に見直す。基本的な文法問題だったので、俺でも教えることができた。宝生さんはテキストを睨みながら、俺の説明に真剣に耳を傾ける。

彼女について知ったこと。真面目。努力家。強情。だが要領は良い方じゃない。ポイントを掴むのが苦手で、テスト勉強ではテキストを丸暗記しようとしメモリがオーバーフローするタイプだ。

「立花君は、教えるのも上手だし、私よりずっと発音も綺麗だよね。どうしてスペイン語を第二外国語に選んだの？　もともとスペインの文化に興味があったの？」

「何となく、かな。単位が貰いやすいって噂も聞いたし」

曖昧《あいまい》な返事をする俺に、宝生さんは眉をひそめる。

「立花君って、いつもそうやって、ふわっとしたことしか言わないね。前から気になってたけど、どうしてうちの大学を選んだの？」

「家から通えるし、楽だから？」

「あなたのそういうところ、どうかと思う。尊敬できない」

どうやらまたマイナスポイントを獲得してしまったようだ。彼女にとって、要領だけがいい俺のようなタイプは、一番腹立たしい存在なのかもしれない。だけど俺だって、自分の意識の高さを相手にまで押し付けるようなタイプは苦手だ。運命に定められた恋人同士とはいっても、こういう部分では決定的に合わない。

険悪な雰囲気が漂うなか、宝生さんが伏し目がちに「ごめんなさい」と呟く。

「私、ちょっと踏み込みすぎたね。こういうことばかり言うから、友達ができにくいんだね」

「いや、でも……俺たちは、親友、を目指しているわけだから、多少は許容範囲だと思うよ。俺も、いい加減なところがあるのは事実だし」

「立花君は、優しいね」

こんなに近い距離で、目を見ながら褒めないでほしい。どんな顔をしたらいいかわからなくなる。彼女の言葉はいつも飾り気がなく剥き出しだ。だから良い言葉も、悪い言葉も、真っ直ぐに胸に刺さる。

宝生さんはテキストを閉じると、トートバッグから黒い表紙のノートを取り出した。中には、いつもの几帳面な文字が、びっしりと書き込まれている。

「ちゃんと書いておかなきゃ、すぐ忘れちゃうから……」

宝生さんは新しいページを開き、先頭の行に『ふみこみすぎない、自分の意見を押し付けない』と書き込んだ。

「もしかして、宝生さんの日記？」

「違うよ、実験ノート。私たちの実験を成功させるために、今後の計画や、実験を失敗させる恐れがある危険因子について記入してるの。そうだ、立花君にも読んでもらったほうがいいかも」

　相変わらず真面目だな、と微笑ましく思いながらノートを開き、絶句した。目から入る情報が衝撃的すぎて、ページをめくる指が震えてしまう。

「宝生さん……。ふざけてるわけじゃ、ないんだよね？」

　念のため確認する。彼女は、さも心外だという顔をした。

「立花君も、できる範囲でかまわないから、そこに書いてある危険因子はなるべく私の目に触れさせないようにしてもらえると助かる」

　要注意、と記入された下には、箇条書きで短い文がたくさん並んでいた。

『笑ったときに目尻にできる皺』『鼻歌が下手なところ』『節のところがごつごつした長い指』『話しかけたときに、優しい声で「うん？」ていうところ』『すぐに、「寒くない？」てきいてくる、お父さんみたいなところ』『Vネックのニット』

　……かつて一世を風靡《ふうび》した、死神のノートに匹敵するほどの破壊力だ。少なくとも、俺にとっては。

「宝生さん、これはダメだよ。危険因子を検証する行為事態が、何の変哲もないノートを世界一危険なノートに変えてるんだよ」

「何を言ってるの？」

　怪訝そうな彼女の横で、俺は新しいページを開いた。動悸、めまい息切れ火照りを宥《なだ》めながら数行書き、隣に渡す。宝生さんの顔が一瞬で真っ赤になった。

「ふざけないで！　立花君、私は真剣なんだよ！」

「俺だって、正直に書いただけだよ」

宝生さんは唇を噛み、もう一度だけノートを開いて——すぐに勢いよく閉じた。

「信じられない……なんて危険なノートなの」

「わかってくれてよかった。俺が責任を持って封印しておくよ」

「だめ！　立花君にだけは、もう絶対に見せない！　今読んだことも、全部忘れて！」

家に持ち帰って永久保存しようとしたことを悟られただろうか。

「もう、本当に最悪……。私ばっかりこんなにたくさん書いて、馬鹿みたい……」

必死に平静を保とうとしているのに、宝生さんが拗ねたように呟く顔が可愛すぎて、全部台無しになった。

「宝生さん、そのノートを貸してくれたら俺、徹夜で最後のページまで書いて仕上げてくるよ！」

「そういうこと、言わないで！」

お互いに叫んだところでベルが鳴り、教授が入ってくる。彼女はノートを素早くバッグに押し込んだ。そして、はっと気付いたように、眉間の皺を指で伸ばす。ノートに書いた、俺の実験レポート。

『今日のワンピースは可愛すぎて目のやり場に困るので、俺の前では（いや誰の前でも。特に他の男の前では）着てこないでください。あと、困ったときに眉毛をぎゅっとする癖が、めちゃくちゃ可愛いです』

それが誰の目にも触れないことを祈りつつ、テキストを広げた。

初めて一緒に受ける講義は、俺も、きっと彼女も、機械的に黒板を写すのが精一杯で、まったく集中できなかった。

俺が最近やつれて見えるとしたら、原因はもう、おわかりいただけると思う。俺の運命の恋人あらため親友が可愛すぎて、恋人になりたすぎて、恋人になってほしくて、正直俺は身が持たない。

スペイン語の講義を終えた俺たちは、学校から土手町へ向かって歩いていた。ふたりとも三限目が休講になったので、たまには学食ではなく外に食べに行こう、という話になったのだ。

「ほんとに俺が知ってる店でいいの？　味は最高だけど、正直言って、お洒落な場所ではないよ。マスターも子供の頃から知ってる人だから、ぐいぐい詮索《せんさく》してくると思うし

……」

「平気。立花君のおすすめの、南瓜《かぼちゃ》の器に入ったスパゲッティグラタン、食べてみたい。あなたのこと、もっと知りたいし」

真顔でそんなことを言うので、いつもの石畳の道が、途端にふわふわ踏みごたえがなくなる。もちろん、親友として深く理解しあうために、というのはわかっているつもりだけど。

宝生さんは東京出身で、大学入学を期に家族でこっちに引っ越してきたらしい。去年までは駅前のマンションで暮らしていたので、この辺りの店にはほとんど入ったことがないという。

「東京から、わざわざこっちの大学を受験するって珍しいよね。しかも一家で引っ越しなんて」

「父がこっちの生まれなの。大学も父の母校で、いいところだから、って強く勧められたんだ。本当は東京の学校もいくつか受験したんだけど、全部落ちたの。高校三年の夏から受験対策を始めたって、遅すぎるよね……自分でも、甘かったと思う」

確かに、受験勉強を始める時期としては遅い方だ。だが真面目な宝生さんなら、もっと早い段階から進路を決めて準備をしていそうなものだ。

「何か他のことで忙しかったの？　部活とか？」

「そうじゃなくて……他の受験、というか、レッスンで」

宝生さんは困り顔で言い淀《よど》んでから、小さな声で、某有名女性歌劇団の養成学校の名前を口にした。

「宝生さん、芸能界を目指してたの!?」

「声が大きい！」

叱られた。意外だった。だが、そういえば彼女の実家は、バレエ教室だ。関係あるのかどうか、そういうことに疎い俺にはさっぱりわからないけど。

「受験のチャンスは四回だけなの。中学三年から、高校三年まで」

そうだ、いつかテレビで見たことがある。まだ幼さが残る少女たちが、合格発表に一喜一憂する様子がニュースで流されていた。飛び上がって喜ぶのはほんの数人で、多くの受験生が泣きじゃくっていた。『これが最後のチャンスだったのに……』と号泣している子さえいた。宝生さんも、あんなふうに涙を流したのだろうか。

「そんな顔、しないで。もう平気、完全にあきらめたから」

俺がよっぽど情けない顔をしていたからか、彼女の方が、俺を慰めるように言う。

隣を歩く宝生さんの横顔を盗み見ながら、いつか彼女が『もう二度と踊らない』と言ったときの、頑なな表情を思い出す。宝生さんには、未来を見通すことができる能力がある。だったら養成学校や大学受験の合否も、あらかじめ予知することができたんじゃないだろうか。そしたら、そんなに傷つくこともなかったのにと、もどかしさを感じる。

俺の気持ちを読んだかのように、宝生さんは「未来を見る力は、万能じゃないの」と言う。

「どんなふうに未来が見えるのか、訊いてもいい？」

「上手くは説明できないけど……意識に直接、流れ込んでくる感じ、かな。見たいと思ったものが見えるわけじゃないの。たとえばどこに財布を落としたとか、宝くじの当選番号とか、地球はいつ滅亡するかとか、そういうのはお手上げ。役に立たない能力でしょう」

「じゃあ、動画を見てるときに出てくる広告とか、テレビの最中に流れるＣＭみたいなもの？　ちょっと厄介だね」

俺の感想に、彼女は驚いたように目をしばたたかせた。

「あっ、ごめん、ちょっと厄介、どころじゃないよね。本人としたら、大変だよね」

「そうだね。だけど立花君が言うと、何でもないことみたいに思えてくるから、不思議」

一瞬のことだけど、彼女は笑ったように見えた。唇の隙間から、綺麗に揃った歯がちらりと覗いたから。しまった、もっとよく見ておけばよかった、俺はまだ、彼女がちゃんと笑った顔を見たことがないのだ。怒った顔や困った顔は山ほど見てきたけど。

「でも、そうだね。立花君のたとえの方がわかりやすいかも。私の両親とか、私と繋がりが深い人の未来の方が、流れてくる情報量が圧倒的に多いんだ。一本の長編映画みたいにね。反対に、知り合い程度の人については、ほんの一瞬映像が見えるだけだったり、見えても解像度が低すぎて、何のことかわからなかったりするの。見えるタイミングも正確さもまちまちで……」

言いながら彼女は、急に足を止めた。焦点の合わない目で宙を見つめ、微動だにしない。

「宝生さん？」

「――立花君、道を変えない？」

理由はわからないが、ひどく不機嫌そうだ。眉間に皺を寄せ、責めるように俺を睨む。

「でもグラタンの店には遠回りになるし、ここからちょっと行ったところに、紅茶の茶葉専門店もあるよ。宝生さん、行ってみたいって言ってたよね？」

「……別に、立花君がどうしてもこの道を進みたい、っていうなら、いいけど」

「いや、だから俺じゃなく宝生さんが……」

俺の反論にはお構いなしに、宝生さんはずんずんと大股で進んでいく。一体何が気に入らないんだろう、と首をひねったときだった。

「颯太！」

道の向こうから、背の高い女の子が俺を呼ぶ。小麦色の肌と、ショートパンツからすらりと伸びる素足が眩しい。たっぷりとしたロングヘアーを揺らしながら駆けてくる。

「エマ。何でこんなところにいるの？」

エマは俺の問いかけには答えず、スニーカーで地面を蹴って飛びついてきた。長い腕を俺の首にまわし、全力でしがみついてくる。

「ちょっ、ちょっとエマ、こういうのは、もうやめようって話しただろ！」

「やだ！　颯太、なんで最近冷たいの？　昔はあんなに優しかったのに！　もう、あたしに飽きちゃったの？」

何てことを言うんだ、よりにもよって彼女の目の前で。宝生さんは、冷ややかな目で俺たちのやりとりを眺めている。エマも宝生さんに気付くと、敵意のこもったまなざしを向けた。

「颯太、この人は誰」

「えーと、俺の……大学の友達」

「うそっ、新しい彼女でしょ！　いっつも女の子をとっかえひっかえして！　颯ちゃんはそういうところがたまにきずねって、みんな言ってるんだからね！」

「えっ、誰が？　道子さん？　それとも太一さん？」

エマは俺から離れると、宝生さんに向き直った。並んで立つと、エマの方が頭ひとつぶん背が高い。

「颯太は、あたしと結婚するの！　颯太のパパとママも、私のパパも、商店街のひとたちだってみーんな、認めてくれてるんだから！」

「あ、あのさ、宝生さん」

「そうなんだ、お幸せに。そのときは私も、友人代表としてスピーチを読ませてもらえるように、ちゃんと立花君の親友になっておかないとね」

絶対零度のまなざしが痛い。でもどうやら、彼女の予知能力が万能ではない、というのは本当のようだ。

「エマ、学校は？　今日は校外学習でも、遠足でもないよな？」

「遠足……？」

宝生さんが怪訝そうに呟く。エマはぐっと唇を噛んだ。

「もしかして、学校を飛び出してきた？　給食は食べた？」

俯いたエマの頭に手を載せる。ほんの少し前までは、もっとずっと低い位置にあったのに、ここ一年で急に俺の鼻先近くまで背が伸びた。

エマは赤くなった鼻を空に向けると、昔のように、うわーんと声をあげて泣き出した。

宝生さんが目をみはる。商店街の春永米穀店の店主・太一さんのひとり娘のエマは、こう見えてもまだ、小学五年生なのだ。


商店街の店は知り合いばかりでいやだ、とエマがいうので、俺たちはチェーンのコーヒーショップに来ている。心配されたりお節介を焼かれることを鬱陶しく感じる時期は、俺にもあった。今思えば、あれが反抗期というものだったのかもしれない。

お城の目の前にあるコーヒーショップは、国の有形文化財の中に作られた珍しい店舗だ。もとは陸軍師団長の官舎として建てられた洋館で、大正モダンな雰囲気が観光客にも人気だ。宝生さんも珍しそうに、大きな窓の向こうの日本庭園を眺めている。

「颯太はあたしのスペイン語の先生なの。毎週一回、ふたりっきりでプライベートレッスンしてもらってるんだもんねっ」

エマがサンドイッチを頬張りながら、宝生さんを牽制《けんせい》するように言う。

エマのお母さんはスペイン人だ。太一さんとはウィーンの音楽学校で出会い結ばれたものの、太一さんが奏者の夢をあきらめ帰国を決めたことでふたりは破局した。太一さんはエマと日本に帰り、母親の道子さんと三人で暮らしている。

「ママはスペインで再婚してる。パパは違うけど、弟と妹もいるんだ。まだ直接会ったことはなくて、ビデオ通話で話すくらいだけど。あっちは全員日本語がわからないから、あたしがスペイン語を勉強してるの。血が繋がってるのに言葉が通じないなんて、やだもんね」

宝生さんが、横目でちらりと俺を見る。

「立花君、スペイン語を履修したのは、なんとなく、って言ってなかった？」

「いやでも、別にそんな、なんとなく何かの役に立てればいいかなって思っただけだからさ、一緒じゃない？」

「全然違う。どうして教えてくれなかったの？」

　ぴしゃりと否定され、いたたまれない気持ちでコーヒーをすする。

　エマは育ち盛りの旺盛な食欲でサンドイッチを追加注文しながらも、やはり浮かない表情だった。なんでも、今朝小学校に登校したら、下足箱の中の上履きがびしょ濡れだったらしい。それで学校を抜け出し、さりとて家に帰る気にもなれずに、街をさまよっていたという。

「五年生になってすぐの頃かな……。六年生の、全然知らない男子にちょっかいを出されるようになってさ。教室まであたしのことを見にきたり、帰り道でも、何人かであとをつけてクスクス笑ってきたりして、すっごく鬱陶しいの。だけど担任に相談しても全然真剣に聞いてくれないんだ。男子って子供だからね、とか、エマちゃんのことが好きなのよ、とか……だから何？　好かれてたら我慢しなくちゃいけないの!?　って、すっごくムカついたけど、それ以上言えなくて……。だって、話が通じないのに何回訴えたって無駄じゃん？」

　エマはまとわりつく男子を無視し続けたが、その態度が生意気だとして、上級生の女子から嫌がらせを受けるようになったという。掃除の縦割り班で、エマばかり何度も同じ場所をやり直しさせられたり、廊下ですれ違ったときに舌打ちされたりということが続き、ついには今朝の上履き事件だ。エマはそれでも、上履きをはかずにソックスだけで授業を受けていたが、同じクラスの女子にまで陰口をたたかれ、限界を迎えたらしい。おそらく、上級生の男子から好かれるエマへの妬《ねた》みもあるのだろう。

「あたし、見た目がちょっとだけ、みんなと違うからさ。一年生のときは、いろいろ言われたんだ。英語しゃべってみろよとか、なんで日本語しかできねーの、とか。だから、人一倍空気を読んで、みんなに溶け込んできたつもり。なのに急に体が大きくなって、男子からは変な目で見られるし、そのせいで女子からも嫌われて、全部ぶち壊しだよ。こんなこと、パパにもおばあちゃんにも話したくない。心配、かけたくない。ママにだって、上手く話せる自信がない……。もう、全部が全部、いやだ!!」

今までずっと我慢していたのだろう、エマの言葉は、堰《せき》を切ったように止まらなかった。

「なんであたしだけ普通じゃないの? パパも颯太も昔と同じようには可愛がってくれないし、ママとだって、スペイン語を勉強しないと話せないしっ。みんなは普通にママと話せてるのに、なんで、なんであたしだけ……! パパがママと離婚しなかったら、あたしだって!」

エマはぐしゃぐしゃの顔を紙ナプキンで拭い、大きく洟《はな》をすすった。それから消え入りそうな声で、「ごめん、パパとおばあちゃんには、言わないで……」と呟く。

どうしたらいいのかわからなかった。昔みたいに膝にのせて、抱きしめてやれたらいいのに。でも、もうそれはできない。そんなふうに、ひとりの女性として俺に距離を取られることも、きっとエマのもどかしさの一因なのだろう。

なすすべもない俺の隣で、宝生さんが突然、勢いよく椅子を押して立ち上がった。

「立花君、小学校に行こう。私が話を付けるから」

「でも俺たち、エマの保護者じゃないし、ちゃんと話を聞いてもらえるかな？　それに、あんまりおおごとにすると、かえってエマが」

「もうじゅうぶん、おおごとになってるよ。彼女は、こんなに傷ついてるんだよ。いやな男子にちょっかいを出されて傷ついているところに、それを妬んだり面白がっている子たちから、二重に傷つけられてるの」

「でもさ、俺としては、なんていうか、その思春期の男子のこともわからないでもないっていうか、好きな子に上手に気持ちを伝えられなくて、やることなすこと裏目に出ちゃうこともあるよな、っていう――」

煮え切らない俺に、宝生さんはキッと目尻を吊り上げた。

「そんなの、わからなくていい！」

高い天井に、彼女の声が反響する。

「他の人の気持ちなんか、どうでもいい！　立花君は、彼女が大切なんでしょ？　どうして一方的に彼女の味方をしないの！　公平になるのは、あなたの役目じゃないよ！　そんなの、学校の先生に任せておけばいいっ!!」

唖然《あぜん》とする俺とエマを置き去りに、宝生さんはブーツのヒールを響かせ店を出てゆく。エマは慌ててサンドイッチを口に詰め込み、俺はふたりぶんのトールサイズの紙カップを手にし、宝生さんの背中を追った。

彼女が何をするつもりなのかはわからない。とりあえず確かなのは、何もできずにぐずぐずしているだけの俺は、彼女に比べてめちゃくちゃ恰好悪い、ということだ。


宝生さんは本当に小学校に行き、困惑する教師陣に「春永エマさんの家庭教師の友人です」と名乗った。あまりにも堂々としているので、誰ひとりとして、「それは限りなく部外者では?」などと追及できないようだった。

宝生さんは毅然《きぜん》とした態度で、くだんの上級生男子の担任と、エマの担任を呼び出した。なぜ今回のことを放置したのか、エマさえ我慢していれば穏便《おんびん》に済むと思ったのか、と問い詰める彼女に、同席した年配の教頭が「そんなに怒らないでよ、怖いなぁ」などと冗談めかしてにやついたことで、彼女の怒りはさらに燃え上がった。「教頭先生はつまり、今回の問題がそれほど怒るに値しない、と考えているわけですか? 生徒がこんなに傷ついているのに!?」教師たちは顔を俯け、教頭は、貝のように口を閉ざした。

最終的に宝生さんは、ふたりの担任教師に真摯《しんし》に、かつ慎重に、今回の問題に取り組むことを約束させた。

「すごいね、颯太の彼女。モンペみたいだね」

懇談室を出たエマは、肩をすくめて笑った。いわゆるモンスターペアレンツのことだろう。

「でもちょっと、かっこよかった。逃げた自分が、かっこ悪かったなって思っちゃった」

宝生さんがすかさず、「違うよ」と声を上げる。

「あなたが恥じることなんて、ひとつもないよ。そこだけは間違えちゃだめだよ」

エマは息を呑み、きつく唇を噛んだ。宝生さんが白いハンカチをエマに差し出すのを、俺はただ、後ろに突っ立ったまま見ていた。

エマは午後からの授業には出るという。廊下を歩いていると、階段から小柄な少年が下りてくる。裸足で上履きを手にしていた。

「春永、これ履けよ。上履き、まだ乾いてないんだろ」

「やだよ。それ、あんたのでしょ。そんなちっちゃいの履けないもん」

確かに彼よりエマの方が背が高く足のサイズも大きそうだけど、そ、そういう言い方はないんじゃないか……と、ひやひやしてしまう。だが少年はめげることなく、「じゃあ俺も、今日は履かない」と呟く。エマが眉を吊り上げた。

「やめてよ！　あんたとふたりでスリッパだったら、またクラスの女子にいろいろ言われるじゃん！」

顔を真っ赤にしながらも、エマはまんざらでもなさそうだった。「誰？」と訊くと、「同じクラスで、サッカーチームが一緒のやつ」と言う。ふたりは結局上履きを履かずに、階段をぺたぺたとのぼっていった。でこぼこな後ろ姿を、宝生さんがじっと見つめている。

「もしかして、また何か見えた？」

「秘密。彼女のプライバシーにかかわることだから。でも、彼女と立花君の結婚式で、私が友人代表スピーチをすることはなさそう」

宝生さんの口許は、悪戯っぽくほころんでいた。俺はまたひとつ、彼女の初めての表情を見た。

久しぶりの小学校は、何もかもがひとまわり縮んでしまったように見えた。老朽化が進んだ白い校舎は、使い込んだ消しゴムのように、ところどころに汚れが染みついている。

正門までの道を歩いていると、かつてランドセルを背負いながら、サブローと一緒に往復した記憶がよみがえる。その頃から俺の心の中には、顔も名前も知らない、彼女がいた。今並んで歩けることが、奇跡みたいだ。

「今日の俺、コーヒーを両手に持って、おろおろしてるだけだったね。俺は、どっちにでもいい顔をしすぎて、結局誰のことも助けられてないのかなって、情けなくなったよ」

「そんなことない。立花君は、誰にとっても優しい方法を考えてるだけだよ。どっちが正しいとかじゃない。そういう方法を必要とされるときだって、たくさんあるよ」

その言葉が気休めではないということを、今の俺は知っている。宝生さんは、たとえ相手を励ますためだったとしても、嘘やごまかしを口にしない人だから。

胸の奥がじんわりと温まるのを感じながら、俺は宝生さんに、蓋つきの紙カップを渡した。確かチャイラテだったと思う。自分のカップに口を付けると、ブラックのブレンドコーヒーはすっかり冷めていた。

「それに、私……本当は彼女を助けたかっただけじゃなくて、小さい頃の自分を助けたかったのかもしれない。周りと違う自分を隠して暮らすことの息苦しさとか、ひとりぼっちの寂しさとか……子供の頃のことを、いろいろ思い出しちゃった」

「宝生さんは予知能力のこと、みんなに隠してたの？」

「子供の頃は何の考えも無しに、予知したことを口にしてた。私はみんなとは違うんだ、特別なんだ、って得意になってたのかも。でも大抵の場合は、誰も私の言うことなんか信じない。それで私の予知通りのことが起きたら、気味悪がって離れていくの。子供よりも大人の方が露骨だった。だから、今は隠してるよ。ときどき失敗しちゃうけど」

それは、大学一年生のときに、早苗たちのグループで起きたいざこざのことだろうか。きっと宝生さんは、友人が食物アレルギーで救急車で運ばれたり、不倫の修羅場に巻き込まれることを、黙って見過ごせなかったのだろう。

俯きがちに銀杏の絨毯を歩く彼女は、心なしか寂しそうに見えた。

「じゃあどうして、俺には打ち明けてくれたの？」

「立花君は、絶対に信じてくれると思ったから。私たち、同じ秘密を抱える仲間でしょう」

正確には、運命に定められた恋人同士だけどね。

俺たちの後ろから、色とりどりのランドセルを背負った子供たちが駆けてくる。低学年の授業が終わったのだろうか。仲良くじゃれあう子供たちの後ろに、ひとりぼっちで俯きがちに歩く幼い宝生さんの姿が見えた気がした。

小学生の俺は、あの頃の彼女を見つけることはできなかった。でも、今は違う。

「まゆら」

思い切って呼びかける。彼女が、弾かれたように顔を上げた。

「名前で呼んでいいよね。親友だから」

「……颯太が、それでいいなら」

女の子を下の名前で呼ぶだけでこんなに緊張するのは、中学のとき以来だ。まゆらも照れくさいのか、ブーツの爪先だけを見つめながら歩いている。かと思えば急に「一口飲む？」とチャイラテのカップを差し出してくるので、口の中のコーヒーを噴き出しそうになった。むせ込む俺を見て、まゆらが不思議そうに首を傾げる。

「半分こ、とか、ひと口ちょうだいって、友達ならみんなするでしょう？　今日だって学食で、みんなで半分こしてたじゃない」

ああ、そうか。まゆらは、俺と住谷さんがお好み焼きやたい焼きを分け合っていたことが、羨ましかったのだ。いつもひとりぼっちだった彼女は、そんなやり取りに憧れていたのかもしれない。

「もしかして今日、本当は、サブローとか住谷さんと一緒に、学食で話したかった？」

「いいの。いくら颯太の友達になったからって、それまでの友人関係に横入りしようなんて、思わないから」

生真面目に首を振るまゆらに、笑ってしまった。

「横入りだなんて思わないよ。まゆらがよかったら、今日行く予定だった洋食屋、明日四人で行こうよ」

まゆらの顔が、ぱっと輝く。本当はふたりで行きたいけど、この嬉しそうな顔には代えられない。

俺たちは土手町を歩いて大学へと戻った。初めて飲んだチャイラテは、スパイシーなシナモンとカルダモンの香りがした。シナモンの花言葉は、《清純》。カルダモンは、《燃える思い》。冷めきっているはずのチャイラテは、ひと口飲んだだけなのに、火傷しそうな味がした。プラスチックの蓋の部分が赤いリップで色づいていて、彼女の唇が触れたことを、意識せずにはいられなかったから。

「……そういう顔、しないでよ」

まゆらが気まずそうに呟く。白い頬が赤く染まっている。

「ごめん、つい……。あ、俺のも飲むよね？」

「やっぱり、いい！　ブラックは苦手だし！」

俺の手からチャイラテのカップを引ったくると、ブーツのヒールの音も高らかにずんずんと歩き出す。肩をいからせた背中を見つめながら、もしかしたら今日、あのノートに新たな一行が付け足されるかもしれない、と思う。まゆらが生真面目な顔で『ひとくちちょうだい、は禁止。特に颯太とは』と書き込む様子を想像し、俺は緩んだ口許を手のひらで隠した。

第五話　ミモザ

十月になると夏の花が姿を消し、店全体がシックで落ち着いた色合いに変わる。店の中央には赤いガーベラとオレンジのケイトウ、紫のカーネーション。黒い葉とオリーブのような実が特徴的な観賞用トウガラシ。色も形も様々なオモチャかぼちゃを並べ、ジャック・オ・ランタンをモチーフにした鉢植えや、黒猫や魔女のピックを並べると、店の雰囲気が一気にハロウィンらしくなる。

「それでね、仁君にドレスを試着した写真を送ったら、全部可愛くて選べないから、いっそファッションショーみたいに全部着たらいいよ、とか言っちゃってー、ねぇ颯太、聞いてんの!?」

「あー、聞いてる聞いてる」

生返事で店の床にモップをかける。再来月に挙式を控えた姉は、それまで勤めていた信用金庫を退職し、今は式の準備を進めつつ、ときどき店の手伝いをしている。だが実際は、ただ俺に付きまとい、婚約者の仁さんの惚気《のろけ》話を聞かせることに忙しい。

「もういいや。颯太が聞いてくれないなら、サブローにする」

姉は不貞腐《ふてくさ》れ顔で、店のエプロンからスマートフォンを取り出す。いつものことだが、片思い中の相手から恋人の惚気話を聞かされるというのは、なかなかの苦行なんじゃないだろうか。挙式間近となれば尚更だ。

「待って姉ちゃん、あいつも最近忙しいから、話なら俺が――」

「OKだって。やっぱり近くの弟より、ちょっと離れた幼馴染だよね。あたし、今日は夕飯要らないから」

返事が早すぎないかサブローよ。ラストスパートで本気出す、と宣言しただけのことはある。姉がサブローの変身ぶりを目にしたところで態度が変わるとは思えないが、俺としては不安な気持ちが拭えない。幼馴染の恋を邪魔する気はないが、万が一サブローが式の最中に乱入し姉を略奪、なんてことになってしまったら、俺たち家族はどうすればいいのだろう……仁さんや仁さんの家族、披露宴の招待客の皆様に対し、一列に並んで土下座をする程度ではおさまらない気がする。

「仁さんは、男とふたりで飲みに行っても何も言わないの？」

「今更、何言ってんの？　サブローだよ？　まぁ、仁君も、ちょっとくらいやきもちやいてくれてもいいんだけどね。たまに、あたしって信用されてるんじゃなく放置されてるだけなのかな？　とか思うし」

「珍しいじゃん、喧嘩でもした？」

「喧嘩するほど連絡取れてないもん。先月だって、結局帰ってこられなかったしさ」

確かに仁さんは、先月のシルバーウィークに青森に帰り、両家顔合わせや諸々を済ませる予定だった。だが同じ部署の女性が妊娠し、つわりがひどいため急遽早期に産休に入ることが決まり、引き継ぎ作業のために帰省することができなくなったのだ。

「仁君、誰にでも優しくて、いつも自分のことは後回しなんだよね。そういうところが好きなんだけど、結婚して身内になったら、今まで以上にあたしのことも後回しにされちゃうのかな……とか、いろいろ考えちゃうわけよ」

マリッジブルーというやつだろうか。珍しく肩を落とす姉に、カフェオレでも淹れて励まそうかと思ったとき、姉のスマホが鳴った。どうやらサブローからの電話らしい。「ええ？」「ほんとに？」というやりとりのあと、姉は頬を緩め、いそいそとエプロンを外す。

「サブローが、フレンチの店を予約してくれたって。イルミネーションが綺麗なガーデンレストランだから、風邪をひかないように厚着してきて、だって。あいつも最近、女の扱いがわかるようになってきたじゃん。あたし、二階で着替えてくる！」

まずい、奴は本気だ。姉はおそらく、サブローの変身ぶりをまだ知らないはずだし、微妙にマリッジブルーになっている今、イルミネーションきらめくレストランで、ひょっとしたらひょっとしてしまうのではないか……。モップをかけながら煩悶《はんもん》する俺をよそに、姉は厚手のコートとタイツにブーツ、よそゆきの化粧を済ませ、出掛けていった。

幼馴染が本腰を入れて逆転勝負に挑む姿を目の当たりにすると、俺はこのままでいいのだろうか、と思ってしまう。まゆらとの実験を始めてから、一ヵ月が過ぎた。サブローと住谷さんをまじえて遊びにいったり、キャンパスでも四人で過ごすことが増えた。まゆらは最初こそ緊張気味だったものの、今では住谷さんとふたりだけで出掛けることもあるらしい。「まゆ」「杏里ちゃん」と呼びあう様子は微笑ましいが、俺を置き去りにして仲良くなりすぎじゃない？　と思ったりもする。

『好きになったら絶交』『永遠に親友』

彼女が提案した実験は、今のところ問題なく進行中だ。だが俺としては、ちっとも現状に満足していない。まゆらをもっと知りたい、まゆらの特別になりたい、という気持ちが、日に日に膨《ふく》らんで苦しい。

「おい、たそがれてないで仕事しろよ」

嘆息《たんそく》する俺の頭を、いつのまにかバックヤードから出てきた母が、園芸雑誌で叩く。

「見舞いのブーケ、病院まで配達してくれ。あとついでに、商店街のみんなから預かったいろいろも一緒にな」

「川久保さんの？　ついでの方が多くない？」

「あのジジイは花より団子だからいいんだよ」

テーブルの上には、川久保さんの好物の羊羹《ようかん》やおはぎの他に、競馬新聞と週刊誌、果ては缶ビール一ダースという、病院に持ち込めなそうなものまで積まれている。川久保さんは先週から腰を壊して入院中なのだ。

バンにブーケと見舞い品を積んでいると、母が将棋盤を差し出す。昔から家にある、折り畳み式でマグネットの駒を使うタイプのものだ。

「ちょっと遅くなってもいいから、相手になってこいよ。どうせ退屈してるだろうからな」

「了解」

町内会長の川久保さんは昔気質の保守的な性格なので、なにかと型破りな母とは衝突することが多い。聞けば母は子供の頃から、しょっちゅう川久保さんに首根っこをつかまれ説教されてきたという。今も母は川久保さんをジジイ呼ばわりだが、なんだかんだ気にはかけているのだ。

病院に向かってバンを走らせる。川久保さんの入院はいつものことで、今回もまた、すぐに退院できると思っていた。だからまさか、将棋をさしながらあんな話を聞かされるなんて、思ってもみなかった。

　病院の自販機で買った缶コーヒーのプルタブを開ける。甘いカフェオレをひと口飲み、すぐにドリンクホルダーに差す。少しは気が落ち着くかと思って選んだが、大して効果はなさそうだ。バンの運転席に座ったまま、俺はしばらく動き出すことができなかった。ハンドルに肘をつき顔を埋めた瞬間、スマホが鳴った。住谷さんからの電話だ。

　まゆらと一緒に東城町《とうじょうちょう》の百貨店にいるらしい。『近くにいるなら迎えにきて、寒すぎる！』と叫ぶ住谷さんは、電話口でも賑やかだ。確かに今日は、十月半ばだというのに雪でも降りそうなくらいに寒い。

　住谷さんは百貨店の前にひとりで立っていた。ニット帽に耳当て、手袋などの防寒アイテムが増えたせいか、いつもより二割増しカラフルだ。

「ごめんね、わざわざ迎えにきてもらっちゃって！」

「いいよ、ちょうど配達で近くにいたからさ」

　少し遅れて、まゆらが入り口から駆けてくる。バンの運転席の窓から顔を出す俺に気付くと、目を丸くして足を止めた。

「颯太、どうして――」

「もしかして、予定になかった？」

　いたずらに問いかけると、まゆらは困ったように頷いた。俺たちにしか通じないやりとりが、ちょっとくすぐったい。住谷さんは気付いた様子もなく、「じゃ、私はここで！」

とミトンの手袋を着けた右手を上げる。

「私、これからバンドの練習があるんだ。立花君、まゆをよろしくね」

「え？　待って杏里ちゃん！」

「住谷さん、バンドやってたの？」

「そうだよ、キーボード担当。彼氏がギター」

「え、彼氏？　聞いてないんだけど！」

「言ってなかったっけ？　来月ライブするから、チケット買ってね」

住谷さんは、ニット帽のてっぺんのポンポンを揺らして百貨店に戻ってゆく。去り際に俺を振り返った目が、上手くやれよ、と言っている気がした。よし、今度学食でお好み焼きを奢ろう。たい焼きも付ける。ここのところ、サブローと住谷さんを入れた四人で会うことばかりだったので、まゆらとふたりきりになるのは久しぶりだった。

運転席を下り助手席のドアを開けると、まゆらは遠慮がちにバンに乗り込んだ。初めて見る真っ赤なダッフルコートが、白い肌に映えてすごく可愛い。

「まゆら、夕飯まだだよね。よかったら一緒にどうかな。今日は、うちの家族、みんな夜から出掛けるんだよね」

まゆらが、きょろりと黒目を動かし俺を見る。しまった、言い方が悪かった。

「あっ、違うよ？　誰もいないからふたりきりで家で食べようとかじゃなく、もちろん、ちゃんと外で！　外で一緒に食べるつもりだから！　その、ちょっと店を閉めるまで待ってもらうかもしれないけど、それでよければ……」

俺がよっぽどうろたえていたせいか、まゆらは小さく笑った。

「そんなに慌てなくていいのに」

「何か用事があったりする？」

まゆらは迷っているようだった。俺の顔を見て、それから、運転席のドリンクホルダーに視線を移す。

「颯太、今日はカフェオレなんだね。いつもはブラックなのに」

「うん？　そうだね、なんか、そんな気分で」

「……家に電話して、夕飯はいらないって言う」

なんだかよくわからないが、承諾してもらえてよかった。

俺たちは土手町に戻り、まゆらを書店の前でおろした。そこで時間を潰してもらうことにして、すでに閉店の準備を始めていた母を手伝う。

「川久保のジジイの具合はどうだった？　どうせ、小うるせぇことばっかり言って、看護師さんに煙たがられてるんだろ」

「腰の方は大したことないってさ。というか、だましだましやってくしかないらしい」

「昔はごついジジイだったけど、もう七十過ぎだもんな。アタシもババアになるわけだわ」

レジを閉める母は、少し痩せたように見える。エプロンを外し、「じゃ、行ってくっから」とスカジャンを羽織る。今夜は町内会の寄り合いなのだ。父は残業で、あとから合流するらしい。寄り合いとはいっても、いつものように馴染みのスナックで飲んだくれるだけなのだが。

「母さん、あんまり飲みすぎるなよ。この前も、酒はもうやめるって言ってただろ」

「わかった、わかった。一杯目だけはビールで、二杯目は烏龍ハイにするわ」

「俺は本気で言ってるんだって。父さんは会社で健康診断を受けてるけど、母さんは、市の特定健診の葉書とか、いつも見ないで捨ててるだろ」

「うるせーなぁ、お前、最近ばあちゃんに似てきたよな」

ばあちゃんというのは、八年前に亡くなった祖母のことだ。逃げるように出ていく母の背中を見送り、店のシャッターを下ろす。裏口から出ると、まゆらが立っていた。

「ごめん、待たせすぎた？」

「颯太が仕事をしてるところを見たかっただけ。お母さん、かっこいい人だね」

「元ヤンのお手本みたいな人だけどね。まゆらのお母さんは、どんな人？」

「ひとことでは説明しづらいけど……見た目はふわふわしてるのに、中身はかなり強烈かも」

商店街を歩きながら、どこに行こうか考える。サブローのようにフレンチレストランとはいかないまでも、たまにはちょっといい店で——という俺の思惑は、商店街の顔見知りたちによって阻《はば》まれる。まずはモトダミートの耀司《ようじ》さんが「おっ颯太、綺麗な姉ちゃん連れてるなぁ、よし、持ってけどろぼう！」とメンチカツをぎゅうぎゅうに詰めたパックを俺に放る。次に飯田《いいだ》ベーカリーの香奈《かな》さんが「あら颯ちゃん、また背が伸びたんじゃない？」と言いながらバゲットとパンの耳を、中田《なかた》惣菜の雄二《ゆうじ》さんがサラダや煮物が入ったパックを無言で差し出してくれ、俺の両手はすぐに塞がってしまう。まゆらもいつのまにか焼き芋が入った紙袋と、ビニール袋に詰められたミニトマトを抱えている。

「すごいね、颯太って、有名人なんだね」

「この商店街限定でね。みんな親戚みたいなものだからさ」

ありがたいことに、こういうことは珍しくない。夕方の閉店間際の時間帯なら尚更だ。むしろ数年前よりも、お裾分《すそわ》けの量は減った。今はシャッターが閉められテナント募集の紙が貼られているが、あそこにはチーズケーキが評判のマンジェ・コシノがあった。向こうの更地には、おばちゃんが作るイカメンチが人気の鮮魚店が。チェーンのドラッグストアになっている場所は、もとは川北《かわきた》模型店だった。あそこでよく、サブローと一緒にプラモデルを買った。

「……颯太？」

気が付くとまゆらが、心配そうに俺の顔を覗き込んでいた。病院の駐車場で切り替えたはずなのに、あやうくまた気持ちが沈みかけてしまった。慌てて笑顔を作る。

「ご飯、どうしようか。全部本日中にお召し上がりください、だからなぁ」

隣にいるのがサブローだったら、炊き立ての白米に味噌汁でも付ければじゅうぶんご馳走だ。だがせっかくまゆらとふたりで食事をするんだから——。

「まゆら、一回、俺の家に戻ってもいいかな？」

良い案が浮かんだ。もときた道を引き返す俺に、まゆらは何も言わずについてきた。


家にあった膝掛けやダウンジャケット、夏のバーベキューで使う紙皿などの食器一式を抱え、閉店間際の輸入食品店に飛び込みカマンベールチーズをホールで買った。坂道を上りお城の前の公園を通り過ぎ、五階建ての雑居ビルの前で足を止める。

「ここ、サブローのうちなんだ。最上階にひとりで住んでる」

一階は警備会社、二階は警備会社の事務所。三階と四階はテナント募集中。サブローのじいちゃんとばあちゃんの持ちビルで、今はサブローが相続している、らしい。

外付けの非常階段をのぼり、合鍵を使って屋上のドアを開ける。ガーデンレストランのイルミネーションにはかなわなくても、秋の終わりの澄んだ夜空には、いくつもの星がまたたいていた。

「ここ、俺とサブローの子供の頃からの秘密基地。今でも夏はバーベキューしたりしてさ。まぁ、男ふたりで肉を焼いて食べるだけだけど。サブロー、人付き合いを面倒がるから」

「そうなの？　佐々木君、いつも優しいし気遣いもすごくできるのに」

「それは、なんていうか、まゆらが……」

特別だからだ。まゆらが俺の特別だということを、サブローが察しているからだ。

屋上の倉庫から折り畳み椅子やランタンを引っ張り出し、シングルバーナーに網を載せて火を点ける。カマンベールの上の部分に、ナイフで円を描くように切れ込みを入れ、底と側面をアルミホイルで覆い、網に載せた。しばらく待つと、香ばしい香りが鼻をくすぐる。切れ込みをつけた皮の部分をフォークでめくると、クリーム状に溶けたチーズの表面が、ふつふつと波打っていた。まゆらが息を呑む。

「お手軽チーズフォンデュ。寒くなったら、試してみたいと思ってたんだ」

バゲットをちぎってフォークに刺し、とろけるチーズにくぐらせてから、まゆらに差し出す。まゆらは白い息を吹きかけながら、おそるおそる口に入れた。ただでさえ大きな目が、真ん丸にみひらかれる。

「おいしい……。こんなの、食べたことない」

「ほんとに？　そっちのメンチカツとか、コロッケも試してみて。ミニトマトも、少し炙ってからチーズにくぐらせると、おいしいと思うよ」

屋上で食べる熱々のチーズフォンデュは、この季節には最高のご馳走だった。ひとしきりお裾分けを食べ終えたあと、俺たちは紙カップのオレンジジュースを飲みながら空を見た。まゆらは、俺が家からもってきたロングダウンをまとい、肘付きの折り畳み椅子に座っている。着ぶくれした姿は、冬のすずめみたいだった。

「まゆら、さっきからスマホが鳴ってるみたいだけど、大丈夫？」

「多分、父から。友達とご飯を食べるって伝えたのに、いろいろ勘繰《かんぐ》って心配してるみたい。今日、誕生日だから」

「誰の？」

「私の」

「ええ!? 嘘でしょ！」

まゆらは後ろめたそうに目を伏せた。なぜならこの前、住谷さんがスマホでマイタケ占いのサイトを見ていたときに、全員で誕生日を報告しあったからだ。俺が六月、サブローが四月、住谷さんとまゆらは八月で、じゃあ全員飲酒ＯＫじゃん、と住谷さんが手を叩き、四人で大学近くの飲み屋街に繰り出したのだ。でもそういえばまゆらは、ノンアルコールドリンクしか頼んでいなかった。酒が好きじゃないのだろう、と勝手に解釈していた。

「なんでそんな嘘……だって二十歳の誕生日って特別だよね？　言ってくれたら俺も、もっと良い店とか、こんな場所でもせめて、家にある電飾で飾りつけたり、キャンドルとか――」

言いながら、ハッと気付く。もしかしたら、まゆらは――

「ごめんなさい。この前、みんなで誕生日の話になったとき、その光景が見えちゃったの。颯太が、この場所を綺麗に飾り付けて、カマンベールでチーズフォンデュをしてくれて、あとはシャンパンと、バースデーケーキと、手持ち花火も。だから、なんだか……とっさに嘘をついちゃった」

「な、なんで？　気に入らなかった？」

「そうじゃない。すごく素敵だと思ったけど」

まゆらは、きゅっと唇を結んでから、消え入りそうな声で呟いた。

「私たちの実験に、差《さ》し障《さわ》りがあると思ったから……」

まゆらの耳が赤いのは、きっと寒さのせいじゃないだろう。俺も、「あ、あぁ、なるほどね……」という、間抜けな相槌《あいづち》しか打てなかった。俺の顔も、多分赤くなっている。俺たちの実験は、常に危険と隣あわせだ。

「颯太は今日、何かあったんでしょう」

「何が？　別に、いつも通りだよ」

「嘘。私も正直に話したから、颯太にも、嘘をつかないでほしい。颯太、コーヒーはいつもブラックだけど、カフェオレを飲んでいるときは、元気がないときだよ。私、ずっと見てたからわかるの」

まゆらの真っ直ぐな瞳に射抜かれ、言葉が出なかった。そんな些細《ささい》な違い、きっとサブローも、家族だって見逃す。嘘を見抜かれたというのに、胸の裏側が、じんわりと温かくなる。

「それに、私、杏里ちゃんと百貨店で買いものをしているときに、見えたの。颯太が年配の人と、病院で将棋をさしてるところが。颯太、すごく悲しそうな顔をしてた」

「参ったな。まゆらには、全部お見通しだね。今日は、ご近所さんのお見舞いに行ってきたんだ。腰を痛めて入院してたんだけど、他に大きい病気が見つかった、って聞いちゃってさ。商店街のみんなには黙ってろって言われたんだけど、なんか俺――」

声が潤みそうになるのをこらえる。川久保さんは医師から、もって一年だと宣告されたらしい。

「こういうの、初めてじゃないんだ。うちの商店街だけじゃなく、地域全体が高齢化してるからさ。うちのばあちゃんも、サブローのじいちゃんとばあちゃんも、子供の頃可愛がってくれてたおばさんも、みんな俺の前からいなくなった。大切な人たちと何度もお別れしてきた。それだけじゃなく、商売が立ち行かなくなって、商店街から離れる人もたくさんいる。俺はこの街が好きだから、ずっとこのままでいられたらいいのにって思うけどさ、大切なものがたくさんあるって、そのぶんだけ、失うかもしれないものも多いってことなんだよね。わかってるから俺は、もし明日、急に会えなくなっても後悔しないように、大切な人のことはちゃんと、今日、大切にしようと思ってて——」

自分でも、何を言いたいのかわからなくなる。じんと疼《うず》く鼻を夜空に向け、冷たい空気を深く吸い込んだ。

「ごめん。まゆらの誕生日なのに」

「そんなことない」

俺の言葉に被せる勢いで、まゆらがきっぱりと言う。

「だから颯太は、うちの大学を受験したの？　この街が好きで、大切な人たちと、できるだけ長く一緒にいられるように」

「最初にそう言わなかったっけ？」

「家から通えるから、って言っただけじゃない」

「同じ意味だよね？」

「だから、全然違うってば」

まゆらは、真剣な顔で首を振った。

「颯太は、今自分が立っている場所を大切にしてるんだね。だから、颯太と一緒にいると、この街の景色がきらきらして見える。私、二十歳の誕生日に最高のプレゼントを貰った気分」

まゆらは白い歯を見せて笑った、俺が初めて見る、満面の笑みだった。胸の奥で膨らんでいた何かが、大きな音をたてて弾けた。

一度目は、運命の出会いだった。俺は、見えない力に吸い寄せられるようにして彼女に恋に落ちた。だけど今は、運命の出会いとか恋人とか、もう関係ない。俺は今夜、同じ女の子に二度目の恋に落ちてしまった。

「まゆら、俺さ……」

口を開いたら、もう何も取り繕えない気がした。紙カップを持ったまゆらが、不思議そうに俺を見る。

「やっぱり俺、実験なんて――」

言いかけたとき、屋上のドアが勢いよく開いた。

「あれー？　なになに!?　いいことしてるじゃーん」

なんと、姉とサブローが立っていた。姉はワインのボトルを右手に持ったまま、ずかずかと俺たちに歩み寄る。

「颯太の彼女？　初めまして、姉の美咲ですぅ」

酒臭い息を吐く姉に、まゆらがたじろいでいる。姉は赤らんだ顔で「お近づきのしるしに、まずは一杯！」などと言い、まゆらの飲みかけの紙カップに、どぼどぼと酒を注ぐ。

「おい姉ちゃん、やめろよ。びっくりしてるだろ」

「だってこれ、オレンジジュースでしょ？　スパークリングワインと混ぜたら、ミモザだよ。美味しいはず！」

「この子、今日が二十歳の誕生日なんだよ。初めて飲む酒が、こんなガサツなミモザなんて最悪だろ」

「何おう！　あんたっ、あたしの酒を飲ませられないっての!?」

完全にただの酒乱だ。どれだけ飲ませたんだよ、と後ろのサブローを睨んだが、飲まされたのはサブローの方らしい。ここまで階段を上るだけで精一杯だったのか、酷い顔色でしゃがみこんでいる。色男が台無しだ。

「サブローに何杯飲ませたんだよ……」

「飲み比べに負けた方が、勝った方のいうことをひとつ聞く、っていう勝負をしただけだけど？　二十歳そこそこの若造があたしに挑もうなんて、百年早いんだよっ」

ボトルに直に口をつけて喉を鳴らす姉に、俺は額を押さえた。サブロー、不憫な奴……。

姉は乱暴に俺の肩を抱くと、屋上の手摺際《てすりぎわ》まで連れてくる。横目でまゆらを見ながら、ぐっと俺に顔を近づけ囁く。

「あんたこそ、なんでこんな寒空の下にいるの？　両親も姉もいない家に彼女を連れ込まないなんて、馬鹿なの？」

「連れ込むって……そういう言い方はやめろよ。それに、友達だよ」

「うそつけ、あんたのそんな顔、見たことないよ。完全に男の目になってたね！　あーやらしい」

頼むから、どっかに行ってくれ。姉のたわごとが聞こえているんじゃないかと、慌ててまゆらの様子を窺う。まゆらは、姉が作ったでたらめミモザに口をつけていた。緊張気味の表情がふわりとほどけ、本当にミモザの花が咲いたように、可愛らしい笑顔に変わる。なんだかもう、まともに見ていられなかった。まゆらの笑顔を見るだけで、胸の内側に次々に黄色い花が開いてゆくようで、息が苦しくなる。

「颯太、これ、おいしい！」

「いや、気を遣わなくていいから、調子にのるから……」

「そうでしょー、ミモザはね、世界一贅沢なオレンジジュースって呼ばれてるんだよ！」

姉とまゆらが話す声を聞きながら、俺は屋上の手摺によりかかった。冷たいビル風が、俺の火照った顔を冷やしてくれることを祈る。ミモザの花言葉は、《友情》。そして、《秘密の恋》――

「ちょっと颯太、この子、今日誕生日なんだって！　一緒にハッピーバースデー歌ってあげようよ！　サブローもほら、立って！　あんた、ほんとに口ほどにもない奴だなー」

そうだ、まだまゆらに、誕生日おめでとうを言っていない。だけど、ちょっとだけ待ってほしい。まゆらが望むような友達の顔で振り向くためには、もう少しだけ時間が必要だから。

第六話　ブーゲンビリア

「ミュージカルに？　それって、まさか……」

　俺の問いかけに、まゆらはこくんと頷く。今日のまゆらは、いつにも増して綺麗だ。胸元と袖がシースルー素材になった紺色のドレスを着ている。土曜の朝、開店直後ということもあり、店には俺たちしかいない。父は仕事、母と姉は結婚式のドレスの仮縫いに行っている。

　昨日まゆらから、この辺りで一番大きいコンサートホールに行くのでブーケを作ってほしい、と頼まれた。だけどまさか、例の歌劇団の公演だとは思わなかった。確かに、最近テレビで『チケット好評発売中』のＣＭを観たような気はする。今は全国ツアーの真っ最中らしい。

「ずっと一緒に受験してた子がね、初めて台詞《せりふ》のある役をもらったの。子供の頃から、ママのバレエ教室で一緒にレッスンを受けてた子。だからママと私に、ぜひ観に来てほしいって」

「でもさ、それって、なんだか……」

　恩師であるまゆらのお母さんに、晴れの舞台を観に来てほしい、という気持ちはわかる。だが、まゆらまで招待するのは無神経じゃないだろうか。その子は例の養成学校の試験に合格し、まゆらは不合格だった。俺には、見ず知らずの彼女の気持ちはわからない。まゆらと彼女の関係性だって知らない。だが同じ試験に落ちた友人に対し、自分のデビューを祝福してほしいというのは、ちょっと傲慢《ごうまん》だと思う。

　押し黙る俺を見て、まゆらは苦笑した。

「もう、そんな顔しないで。颯太ってときどき、うちのパパみたい」

「どういうこと？」

「過保護で心配性、っていうこと」

　喜んでいいのだろうか。親友ならまだしも、パパみたい、となると、完全に恋愛対象の圏外に押しやられてしまいそうな気がする。

　まゆらは狭い店内を見てまわり、色とりどりのグラジオラスの前で足を止めた。「これにする」と指さしたのは、フラミンゴの羽根のように鮮やかな桃色のローズ・チャーム。ピンクのグラジオラスの花言葉は、《たゆまぬ努力》。かつてのライバルの努力を讃《たた》える気高さは、まゆららしいけど。

「本当に行くの？」

「行く。もう決めたの」

まゆらはきっぱりと言う。

「予定を変更して、映画にでも行かない？　それか、天気がいいから公園でバドミントンとか」

「いいから、颯太はブーケを作って。電車の時間に遅れちゃう」

ついには怒られてしまった。渋々準備を始める俺の横で、まゆらは、ためらいがちに口を開く。

「本当はね、去年も同じようにチケットを送ってくれてたの。だけど、行こうと思えなかった。もともと彼女は、挑戦的なタイプっていうか——すごく負けず嫌いで、友達、って呼べる関係でもなかったしね。私がそんなふうだから、ママも気を遣って、お花だけを送ったみたい。だけど、本当にそれでよかったのかなって、ずっともやもやしてた」

例の歌劇団にまゆらが憧れたのは、お母さんがそこで活躍していたからだという。

「颯太、真愛菫《ままなすみれ》って、聞いたことない？」

「女優さんなんだよね。大河ドラマにも出たことがあるって、ご近所さんが教えてくれた」

「下の名前だけが本名で、今は宝生すみれ。劇団を退団して、テレビドラマにいくつか出るようになった頃に、私がお腹にいることがわかって、引退したの。私ね、若い頃のママ

の舞台を、ＤＶＤで繰り返し観た。小さい頃からママの真似ばかりして、いつかママみたいなスターになりたいと思ってた。ママの娘なんだから、頑張れば絶対に叶うと思ってた――」

まゆらの長い睫毛が、なめらかな頬に影を落とす。

「私、子供の頃からずっと、上ばかりを見てた気がする。バレエを踊るときは、頭のてっぺんを真上に引っ張られているところをイメージするの。少しでも高く踵《かかと》を上げて、姿勢は真っ直ぐに。そんなふうにして、もっと高く手を伸ばせば、いつか夢に手が届くんじゃないかと思ってた。足許なんか、全然見てなかった」

まゆらは、爪先までピンと伸ばした右足を少しだけ持ち上げた。細いだけじゃない、しなやかな筋肉がついた綺麗な脚だ。トウシューズを履いてチュチュを着たまゆらが、軽やかに踊る姿を想像する。同時に『もう二度と踊らない』と呟いた、頑なな横顔も。

まゆらはきょろりと黒目を動かし、悪戯っぽい顔で俺を見上げる。

「颯太、私と会ったばかりの頃、感じが悪い子って思わなかった？」

「いや、そこまでじゃないよ。ちょっと意識高い系というか、俺とはタイプが違うなって、思っただけで……」

しどろもどろになる俺に、まゆらは白い歯をこぼして笑った。

「いいの。本当にそうだから。私ね、子供の頃からの夢が絶対に叶わないってわかって、何か新しいものを探さなきゃって、必死だったんだ。ずっと、踵を下ろしたら負けだと思ってた。でも今は、私も颯太みたいに、しっかり地面に踵をつけて、今いる場所を確かめたい。そのために、彼女の舞台を見て、ちゃんと打ちのめされてくる。そんなふうに思えたのは、颯太のおかげだよ」

「俺はそんなに……」

そんなにすごい奴じゃない。まゆらは俺を買い被り過ぎている。あの誕生日の夜の俺の言葉が、どんなふうにまゆらの背中を押したのかわからないけど、俺はまゆらに、わざわざ傷つくような場所に足を踏み入れてほしくない。だけど親友として、彼女の意志を尊重しないわけにもいかない。

俺がブーケを束ねている間、まゆらは店内を歩き回り、花の匂いを嗅いだり、かぼちゃのランタンを覗き込んだりしている。小柄な背中を眺めながら、溜息をつく。

『それで？　いつまで友達ごっこを続ける気だよ』

昨日サブローに言われた言葉だ。片思いの相手とずっと姉弟ごっこを続けてきたあいつに言われたくないが、ここ最近のサブローの捨て身の猛攻を見ていると、口をつぐむしかない。サブローも住谷さんも、姉ですら、俺のまゆらへの気持ちに気付いている。今までの俺は、感情をあからさまに表に出さずに誰にでもフラットに接することができるタイプだったはずなのに、よくない傾向だ。

今まで女の子たちと付き合っていたときとは違う。図書館の裏庭で、初めてまゆらに会ったときとも違う。自分でもコントロールできないくらいに膨らんだ感情が、まゆらを見る目や話しかける声に、どうしても滲み出てしまう。

唯一の救いは、今のところまゆらが、俺の変化に気付いていないことだ。もしまゆらに勘づかれたら、きっと俺の前から姿を消そうとする。『運命の恋人と恋に落ちないための実証実験』『失敗したら絶交』。その言葉を、まゆらは忠実に守るだろう。俺は初めのうちは、実験の体《てい》でまゆらとの距離を縮め、なしくずしに恋人になれるんじゃないだろうか、と期待していた。だが、今ならわかる。まゆらは一度決めたことを、その場の雰囲気や一時の感情に流され覆《くつがえ》したりしない。だから俺は、今のところまゆらの親友の範疇《はんちゅう》から、はみ出すわけにはいかないのだ。……もっとも、親友ではなく恋人になったところで、まゆらが俺のいうことを聞いて、今日の出発を取りやめるなんてことにはなりそうもないけど。

「すごく綺麗……。やっぱり颯太に頼んで、よかった」

いつのまにかまゆらが、俺の傍で手許を覗き込んでいた。まゆらのストレートなメッセージが伝わるように、グラジオラスのつぼみの茎を長めに、花の茎を短めにカットし、真っ直ぐに空に向かって伸びるイメージの縦長のブーケを作った。幅の広い白いリボンで根元からぐるぐると巻き上げ、最後は大きな蝶々結びにする。まゆらの嬉しそうな顔を見て、ほっとした。

正規の料金を支払いたいから絶対にまけないで欲しい、と意固地なことを言うまゆらから、仕方なく代金を受け取りレジを開ける。お釣りを数える間にも、『ちゃんと打ちのめされてくる』という言葉を思い出し、胸がざわついた。まゆらを引き止める以外に、俺にできることはないのだろうか。

「まゆら、まだ時間は平気?」

「あと十五分くらいなら、ぎりぎり電車に間に合いそうだけど」

迷っている暇はない。俺はバックヤードに駆け込み、目的の花を探した。急いで作業し、まゆらのもとに戻る。

「もしかしてそれ……ブーゲンビリア?」

「造花だけどね。生花以外のコサージュをオーダーされることもあるから、いくつか仕入れてるんだ。そのワンピース、ピンとかつけても平気?」

「それは、かまわないけど……」

赤いブーゲンビリアのコサージュは、同じ色の細いリボンとピンを接着しただけの簡単なものだ。小柄なまゆらに合わせて体をかがめる。手がまゆらの体に触れないように気を付けながら、ピンを留めた。俺の手がコサージュから離れるまで、まゆらは緊張したように身を固くしていた。

「これは予定通りじゃなかった?」

俺の問いかけにまゆらは、頬を赤らめて頷いた。俺だって、自分がこんな気障《きざ》なことをするなんて思わなかった。

「ありがとう。お花屋さんの颯太から貰う初めての花が造花だなんて、不思議な感じだね」

「ブーゲンビリアは寒さに弱い花だからね」

「……どうしてブーゲンビリアにしたの？」

「コサージュにするなら、生花より造花の方が萎《しお》れる心配がないからね」

素知らぬ顔で嘘をつく。親友の俺には口に出せないメッセージを、季節外れの花のコサージュに込めた。まゆらはじっと俺を見つめていたが、結局、それ以上の追及はしなかった。花束とクラッチバッグを抱えるまゆらのために、俺が代わって店のドアを押す。

「まゆら、お母さんは？」

「もうそろそろ、来る頃だと思う。いつも支度が遅いの。今日は私、ブーケのために先に家を出たから……」

タイミングを計ったかのように、ハイヒールの靴音が急ピッチで近付いてくる。メインストリートの土手町通りに繋がる坂道を、栗色の髪の女性が猛然と駆け下りてくる。

「遅くなってごめんね、スーツとどっちにしようか迷っちゃって」

かなりのスピードで走ってきたはずなのに、息ひとつ乱れていない。体のラインに沿った黒いワンピースは、胸と袖の部分に繊細なレースがあしらわれていて、まゆらが着ているものに少し似ていた。

「まゆら、そのワンピースにしたの？　どうしよう、こうして並ぶと、なんだかペアルックみたい。娘と張り合ってるみたいで痛々しいかしら……。やっぱりママ、スーツに着替えてくる！」

「電車に遅れてもいいの？」

今にも回れ右をして引き返そうとするその人を、まゆらが冷静に制止する。さびれた商店街には似つかわしくない美しい母娘を、ご近所さんが物珍しげに眺めている。洋服のデザイン以上に、ふたりの顔立ちはそっくりだった。

「ねぇ、君！　この服、どう思う？」

「俺ですか？　すっ、素敵だと思います」

気さくに話しかけられ、うろたえてしまう。

「そう？　ありがとう！」

年上の女性とは思えないほど、人懐こく無邪気な笑顔だ。同じ顔なのにキャラクターが違いすぎる。まゆらが一輪挿《いちりんざ》しの薔薇の花だとしたら、お母さんのすみれさんは、ゼラニウムやダリア、その他のいろいろな花を集めた、賑やかなブーケのような印象だ。

「あら、素敵なブーケ。オーロラ姫が森で摘んできたみたい。シンプルで、ロマンティックね」

すみれさんはブーケに目を輝かせてから、俺と店の看板を交互に見上げた。

「立花フラワーショップ。……たちばな？　やだ、もしかしてあなた、たちばなそうた君？」

「そうですけど……すみません、以前にお会いしましたか？」

こんなに圧倒的なオーラを放つ女性を、一度でも見かけたら忘れるはずがない。頭の中の顧客リストを必死にめくる俺に、すみれさんは頬を紅潮させて首を振った。

「ううん、今日が初対面よ。でも、ずっとあなたに会いたかったの。なかなか現れないから、待ちくたびれちゃった！」

聞き覚えがある台詞だ。似たようなセリフを初対面の女の子に言おうとして、口を開く前に『近寄らないで！』と一喝《いっかつ》された男を、俺は知っている。まゆらはきまりが悪そうに咳払いをした。

すみれさんは、取り立てて特徴のない俺の顔を、瞳を輝かせて覗き込む。

「うんうん、素敵じゃない。颯太君、もしかしてスポーツとかしてた？」

「家の手伝いがあるので、部活はやってませんでした」

「あら、意外。細いように見えて、肩にも腕にもしっかり筋肉がついてるのに」

「花屋も結構力仕事なんで……、すみません、ちょっと距離が」

無邪気にシャツの上から体を撫でまわしてくるすみれさんに、思わず後ずさってしまう。

「やだわ、そんな他人行儀なこと言って。お義母さん、て呼んでくれていいのよ？」

「お、お義母さん……？」

「ママ、いい加減にして！　颯太も素直に呼ばなくていいから！」

まゆらは険しい顔で、すみれさんを俺から引き剥がした。そのまますみれさんの背中を押し、ずんずんと坂道を上ってゆく。すみれさんは肩越しに俺を振り向くと、茶目っ気たっぷりに微笑んだ。

「颯太君、今度ゆっくりお話ししましょうね」

本当に、笑顔が華やかな人だ。身長はまゆらより少し高いだけなのに、圧倒的な存在感のせいか、実際よりも大きく見える。あれがスターの輝き、というものなのだろうか。

小さくなってゆくふたりの後ろ姿を見送る。親子そろって、歩く姿までもが完璧に美しい。

すみれさんが明るく頼もしそうな人で、少しだけ安心した。それでも、ひとりで戦場に乗り込むまゆらを想像すると、気が気じゃなかった。

「まゆら！」

思いきって名前を呼ぶ。まゆらとすみれさんが同時に振り返る。子供の頃から馴れ親しんでいる、商店街の皆様方まで。でも今は、周りの視線に怯んでいる場合じゃない。

「舞台が終わって駅に着いたら、連絡して。電話でもLINEでも、何でもいい。……待ってるから」

まゆらは確かに頷いた。背の高いブーケを両手で抱えたまゆらは、まるで小さな女の子のように見えた。

わかってる。俺の運命の恋人あらため親友は、俺よりもずっと強くて勇敢だ。だがだからといって心配じゃないかというと、それはまた、全然別の話だ。


スマホが鳴った瞬間、俺は反射的に風呂場から飛び出していた。洗面所で髪を乾かしていた姉が、「ぎゃっ」と声を上げる。

「ちょっと！　一日の終わりに変なもの見せないでよね！」

「俺のスマホは!?　鳴ったよね、今！」

泡だらけの裸のままで、着替え用のスウェットの上に置いたスマホに飛びつく。期待も虚しく、新着通知は届いていなかった。姉が呑気な声で、「あ、あたしのだ。なんだサブローか。あとでいいや」と言い、再びドライヤーのスイッチを押す。俺はすごすごと風呂場に戻った。

まゆらから最後にメッセージが届いたのは、今から五時間前、十七時過ぎだった。舞台が無事に終わったこと、友人が花束を喜んでくれたこと、帰りは駅からタクシーに乗り、すでに自宅に着いていることなどが、まゆららしい簡潔な文章で綴られていた。

『大丈夫？』と送ると、すぐに既読が付いた。それから十分以上経ってからようやく、『何が？　明日また、学校でね』と返ってくる。何かがおかしい。本当は、もっと違う言葉を送りたかったんじゃないかと、勘繰ってしまう。迷った末に電話をかけたが、繋がらなかった。

風呂上がりにもう一度だけ電話をかけたが、やはりまゆらは出てくれない。どうしよう、さすがに家に行くのはやり過ぎだろうか……とリビングをうろうろ歩き回っていると、ソファで晩酌《ばんしゃく》中の母に「鬱陶しいんだよっ」とピーナッツの殻をぶつけられた。

結局俺は厚手のパーカーを羽織り家を出た。外は思った以上に肌寒く、フードを被ってポケットに両手を突っ込む。すぐに二階の窓が開き、「颯太、出掛けるなら、のど飴買ってきて！」という姉の声。「あと、なんかつまみになりそうなもん！」と怒鳴るのが母、「俺は風呂上がりのアイスー」と叫ぶのが父だ。まったく、近所迷惑な家族だ。商店街の店はすでにシャッターが閉まっていたので、俺は普段は行かないコンビニまで足を延ばした。断じてわざとではないけれど、通り道なので横目にまゆらの家が見えた。窓にはひとつも灯りがついていない。まだ夜の十時だというのに、家族全員で就寝するには早すぎないだろうか。

ストーカーじみた真似をしたことを後悔しつつ、コンビニに入る。母の好きなさきいかと、父がいつも食べているアイスもなかを籠に入れる。雑誌の棚の向かい側に薬のコーナーを見つけ、薬用のど飴を取るためにしゃがみこんだときだった。フードごしに、自動ドアが開く音が聞こえた。ヒールの足音が近づき、俺の横で止まる。俺たちは同時に、同じトローチのパッケージに手を伸ばした。指先が触れ、相手が息を呑む音が聞こえた。俺も思わず声が出そうになった。

昼間に会ったときと同じ薄手のワンピースを着たまゆらが、呆然とした顔で俺を見つめていた。

「……家にいるんじゃなかったの？」

俺の問いかけに、まゆらはばつが悪そうに目を伏せた。瞼が泣き腫らしたように赤い。

「もしかして、今家に帰ってきたの？　今まで、何してたの？」

「……カラオケ」

呟く声は、別人のようにしゃがれていた。

「ひとりで？　何時間歌ったの？」

「……質問ばっかりだね」

まゆらは俺とは目を合わさずに、蚊が鳴くような声を出す。

「なんで電話に出ないの？　なんで家に帰ったなんて、なんで嘘ついたの？　どうして

――」

どうして俺を頼ってくれないの？　駄目だとわかってるのに、責めるように問い詰めてしまう。まゆらは掠れた声で、怒らないで、と呟いた。

「颯太に、顔を見られたくなかったの……」

しゃがれた声に涙が混じるのがわかって、たまらない気持ちになった。ふたりでレジを済ませ、コンビニを出た。

「すみれさんは？」

「昔の同級生たちと、ご飯を食べに行ってる。ママは行かないって言ってたけど、せっかく久しぶりの再会だし、私もひとりになりたい気分だったから」

いつもより無口になる俺とは反対に、今夜のまゆらは饒舌《じょうぜつ》だった。今日の舞台の演目や、ショーの構成や役者たちの豪華な衣装、芝居のストーリーなんかを、弾んだ口調で話し続ける。一生懸命話してくれているのに、俺は他のことが気がかりで、まゆらの話がほとんど頭に入ってこなかった。

人通りの少ない夜道に、まゆらのヒールの音が響く。それだけが、やけに耳についた。

「舞台に立つ彼女、すごく眩しかった。綺麗だった。一緒にレッスンを受けていた頃とは別人みたいで……圧倒されちゃった」

口紅がはげた唇から、白い息が細く伸びる。遠くを見つめるまゆらの瞳は、街灯の光を受けて、プラネタリウムのようにきらめいていた。

冬の始まりを感じさせる冷たい風に、華奢《きゃしゃ》な肩が震えていた。いつもは真っ直ぐに伸びている背中が、今夜は少し縮んでいる。

「大丈夫、寒くないから。颯太が風邪ひいちゃう」

パーカーを脱ぎ始める俺を見て、まゆらが慌てたように背筋を伸ばす。それでも俺は、まゆらの正面に立ち、厚手のパーカーで小さな体を包んだ。

「まゆら、お願いだから強がらないで」

どんな言葉をかけたらいいか、ずっとそれだけを考えて歩いてきたのに、結局そんなことしか言えなかった。

まゆらは唇を薄く開いたまま、身じろぎもせずに俺を見つめていた。長い睫毛で縁取られた瞳が、透明な膜で覆われてゆく。限界まで水を満たしたグラスのように、かすかな振動だけでしずくがこぼれ落ちそうだった。

俺はパーカーのファスナーの金具を摘まみ、ドレスの生地を巻き込まないように気を付けながら、慎重に引っ張り上げた。造花のブーゲンビリアのコサージュが、なぜだか萎れているように見える。

一番上までファスナーを上げたとき、俺の手の甲に、しずくがひと粒落ちた。

「……平気だって、思ってた。ちゃんと、祝福できると思ってた。舞台の上の彼女は――

歌もダンスも、演技も、何もかもが、昔とはまるで違ってて。きっとすごく、ものすごく努力したんだなって、思って……。だけど私には、もう、努力することすら許されないんだって、思い知らされた」

　音楽学校の試験を受けることができるのは、中学三年生から高校三年生の女の子。最大でも、チャンスは四回だけ。

「私には絶対に手が届かない世界の中で、輝いてる彼女を見ていたら、どんどん心が真っ黒になって、苦しくて……羨ましくて、妬ましくて、たまらなかった。でもそんなこと、ママにも、誰にも、絶対に気付かれたくなくて――」

　まゆらの声は、囁くように弱々しかった。だけど俺にはそれが、悲鳴みたいに聞こえた。長い睫毛も、赤く腫れた瞼も、これ以上は決して涙をこぼすまいとするように、小刻みに震えていた。

　ファスナーの金具から手を離し、まゆらの首の後ろに手をまわす。パーカーのフードを掴んで小さな頭にかぶせると、形の良い鼻先と唇以外が、すっぽりと隠れた。

「まゆら、我慢しないで。これでもう、誰にも、俺にも見えないから」

　まゆらはきつく唇を噛み締めた。そこから、切れ切れに嗚咽《おえつ》が漏れ始める。パーカーの長すぎる袖で口を押さえ、まゆらは声を殺して泣き始めた。俺はもう、黙って見つめていることができなかった。

　ぎこちなく背中に手を回すと、まゆらは一瞬、身を固くした。おそるおそる引き寄せると、まゆらの小柄な体は、俺の腕の中にすっぽりとおさまった。フードをかぶった頭の上に、そっと顎をのせる。

「大丈夫だよ、これは友達のハグだから」

「佐々木君にも、杏里ちゃんにもする……？」

「する。住谷さんには、まだしたことがないけど、サブローにはいつもしてる」

　俺はまゆらと出会って、だいぶ嘘つきになった。俺のスウェットに顔を埋めたまま、まゆらがくぐもった声で笑う。

「あんまり想像できない」

「しなくていいよ」

　俺だって想像したくない。まゆらの笑い声は、そのまますすり泣きに変わる。ときどき苦しそうにしゃくり上げるまゆらを、俺はただ、壊れそうな卵を温めるようにして、ずっと抱えていた。

「ありがとう。もう落ち着いた」

　まゆらが両手で、俺の胸をそっと押す。泣き腫らした顔をしかめて、「そんなにじっと見ないで」と言う様子は、いつも通りのまゆらだった。街灯に照らされた道を、まゆらの家まで並んで歩いた。

「見て、もう実が真っ赤」

まゆらの視線の先には、民家の塀の上から枝を伸ばすナナカマドの樹がある。初夏には真っ白な花を、秋には燃えるような色の小さな実をつけるナナカマドは、七回かまどに入れても燃えない、といわれている。

「燃えにくい木材として有名だから、『慎重』とか『あなたを守る』なんて花言葉があるんだよね」

「じゃあ、ブーゲンビリアの花言葉は？」

言葉に詰まる俺を見て、まゆらは怒ったような顔をした。

「……もしかして、ばれてた？」

「電車の中で、スマートフォンで調べたの。なんで嘘をついたの？」

「そこは、お互い様じゃない？　まゆらも『もう家に着いた』って嘘をついたわけだし」

ブーゲンビリアの花言葉は、《あなたが一番綺麗》。それに、《あなたしか見えない》。

できることなら俺は今日、輝くステージに立つ友人を見つめるまゆらの隣にいたかった。それが無理なら、せめて、そのときにまゆらに伝えたい言葉を、造花のコサージュに託したかった。

フードを脱いだまゆらが、上目遣いに俺を睨む。口紅が剥げてもじゅうぶんに赤い唇が、かすかに動いた。

「え、なんて？　ごめん、聞き取れなかった」

「颯太の馬鹿！　って言ったの！」

嘘だよ。本当はちゃんと、ありがとう、って聞こえてた。

俺たちはそれから、影ふみをする子供のようにじゃれあいながら夜道を歩いた。お互いの息が上がる頃には、まゆらの涙は乾いていた。

まゆらの家には、すでに灯りがついていた。すみれさんが帰ってきたのか、もしくはお父さんかもしれない。

まだ離れがたい気持ちはあったけど、まゆらが暗い家にひとりで帰ることにならずに済んで、ほっとしていた。

「颯太のパーカー、洗って返す。……少し濡れちゃったし」

涙を吸って湿っているはずの袖口を隠すように引っ張りながら、まゆらは恥ずかしそうに呟く。

「無理。今、返して。寒くて凍死しそう」

「肌寒いけど、そこまでじゃないでしょう」

「風邪をひいたらまゆらのせいだよ」

まゆらは渋々パーカーを返してくれた。ぬくもりが残るパーカーは、いつもとは違う、バニラの香水の香りがした。全身が羽根でくすぐられたように、こそばゆい。だが、緩みそうになる口許をなんとか引き締める。こんなときに限って、まゆらがじっと俺を見つめていたからだ。

いつもはすぐに門を閉めるまゆらが、今日はなぜか、柵を握り締めたまま、その場にとどまっている。

「まゆらも、風邪ひいちゃうよ」

笑いながらそう言っても、まゆらは動こうとしない。長い沈黙のあと、まゆらは小さな声で呟いた。

「私、入学式からずっと颯太を見ていて、知らないことなんかほとんどないと思ってた。でも、颯太といると予想外のことばっかり」

「言ってたね。俺が未来をころころ変える、って」

「それだけじゃなくて、たとえば私の誕生日。颯太が屋上を飾り付けてパーティーをしてくれることは、未来を見たから知ってたの。そのときにカマンベールのチーズフォンデュを食べることも。だけど実際に食べてみるまで、あんなに美味しいなんて知らなかった」

あの夜、バゲットを齧ったまゆらは、驚いたように目を丸くした。確かに、あれが演技だなんて思えない。さっきと同じように、まゆらの唇が小さく動いた。白い息が切れ切れに洩れて、暗闇に溶けた。今度は本当に聞こえなかった。

「なに?」

「おやすみ、って言ったの」

まゆらは白い歯をこぼして笑った。だから多分、気のせいだろう。暗闇の中で一瞬だけ、まゆらの頬に光るものが見えたのは。

薔薇のアーチの向こうに消えてゆく背中を見送り、俺はまゆらのぬくもりと残り香に包まれながら家路をたどった。店の灯りが消えた商店街の真ん中で、ふと足を止める。まゆらが憧れるステージがどれほどの大きさなのか、俺は知らない。だけどきっと、このちっぽけな商店街の方が、ずっと広いんじゃないだろうか。

この場所でなら俺は、あの子をヒロインにできる。ハリウッドの永遠の妖精も、女優から公妃になったクール・ビューティーも色褪せるくらいの、最高のヒロインに。

でもそんな恥ずかしい台詞は、いくらなんでも口に出せない。柄にもない自分の思い付きから逃げ出すように、俺は足を速めて家に戻った。さきいかとのど飴はともかく、アイスもなかはべちゃべちゃに溶けていた。

この夜、俺は浮かれすぎていた。だから大事なことを見落とした。まゆらが別れ際に囁いたのは、『おやすみ』ではなく、別の言葉だった。

まゆらの三度目の——そして、まゆらにとっては最後のつもりの『さよなら』は、俺の耳には届かなかった。

第七話　クリスマスローズ

　定休日の春永米穀店には、甘くスパイシーな香りが充満している。道子さんが一階のキッチンで焼く、ジンジャーブレッドマンの香りだ。クリスマスの時期に合わせて売り出す米粉クッキーを試作中なのだという。

「おかげで最近のおやつは、毎日生姜のクッキーだよ。もう食べ飽きちゃった」

　エマが学習机に肘をつき、不満げに唇を尖らせる。

「去年は米粉のパウンドケーキだったし、クリスマスの時期になるとおばあちゃんがはりきりすぎちゃって大変」

　そんなことを言うエマも、もうすぐサッカークラブのクリスマス会があるらしく、気もそぞろだ。机の上のスペイン語のテキストよりも、ベッドに置いた編みかけのマフラーの方が気になるらしい。

「クリスマス会、来週だっけか。間に合いそう？」

「プレゼント交換に出すニット帽は、もう編み終わってるよ。あれは、毛糸が余ったから作ってみてるだけ」

「ふーん……」

そのわりに、俺が部屋に入ってくるまで、やけに熱心に編んでいた。ブルーと白のストライプのマフラーを盗み見ながら、きっと俺にくれるわけでも、父親の太一さんにあげるわけでもないいんだろうな、と思う。

あのあとエマの小学校では『春永にはすごくおっかない姉ちゃんがいる』『先生も泣かされた』という噂が広まった。相変わらず学校の女子からは距離を置かれているが、代わりに例の上履きの少年と過ごす時間が増え、エマと彼は付き合っている、という新たな噂が囁かれているらしい。そのせいか、上級生の男子からちょっかいを出されることはなくなったという。

「でも逆に、かえってみんなに冷やかされたりしないか？」

「彼氏彼女なんか全然珍しくないよ。うちのクラスにも三組くらいカップルがいるもん。そういうのをからかって喜ぶほど、子供じゃないよ」

エマの答えは堂々としたものだ。俺が小学生の頃なんか、男女一緒に下校するだけで大事件で、両思いだのなんだのと囃《はや》し立てられた。これがジェネレーションギャップというものか。

「じゃあエマは、上履き君とうまくいってるんだな」

「その呼び方、やめてよ。本当に付き合ってるわけじゃないし。井上《いのうえ》とはサッカークラブでチームメイトだから、女子といるより楽なだけ！　颯太と一緒にしないでよねっ」

「俺と一緒……って、何が？」

「あの、まゆらって人のこと。友達とかいってるけど、本当は付き合ってるんでしょ？」

そこについては俺も、あまり触れられたくない。曖昧に笑ってスペイン語のテキストに視線を落とす。ページの端には、ふたつに割ったオレンジのイラスト。スペインで昔からいわれる『オレンジの片割れ』についてのコラムだ。

——media naranja

世の中には、ひとつとして同じオレンジはない。半分にしたオレンジが隙間なく合わさるのは、その片割れだけ。生涯愛するたったひとりの人を指す言葉だと、先月の講義で岩本教授が教えてくれた。ほとんどの学生が話半分で聞いているなか、俺は、テキストの文字から目が離せなかった。平気なそぶりで机に肘をつきながら、体の左半分がじりじりと熱かった。あのときはまだ、俺の隣にまゆらがいた。まゆらがどんな顔で教授の話を聞いているかを想像するだけで、胸が苦しくなった。

レッスンが終わると、エマはやっと解放されたとばかりに、部屋を飛び出していった。

「おばあちゃん、あたしもクッキーのアイシングする！」という、弾んだ声が聞こえる。張り切っているのは自分だって一緒じゃないか、と微笑ましくなる。

エマの部屋を出て、向かいの太一さんの部屋のドアをノックする。慌てたような物音と共に、トランペットとクロスを持った太一さんが出てくる。

「あっ、レッスン、終わった？　いつもありがとうね、親子ともども、颯太君のお世話になりっぱなしで！」

「太一さん、何回か覗きにきてたよね。もう少しさりげなくしないと、そのうちエマに気付かれちゃうよ」

「ごめんね、颯太君のことは信用してるけど、うちの娘、最近ますます可愛く綺麗になってるからさ、父親としてはやっぱり気になっちゃって……」

もじもじとトランペットを磨く太一さんに、噴き出してしまう。

「心配しすぎなくらいでちょうどいいと思うよ。エマがどう思うかは、さておき」

「親バカだよな。颯太君には、あんなに綺麗な彼女がいるのに。今度ちゃんと紹介してよ」

「何だか最近、すれ違いが多くてさ」

「学生さんも忙しいもんね。そういえば、美咲ちゃんの披露宴の余興の曲目のことだけど……」

ひとしきり太一さんと打合せをし、春永米穀店を後にした。駐車場でバンに乗り込み、道子さんにもらった焼きたてのクッキーを齧る。生姜シロップをたっぷり練り込んだ米粉クッキーは甘くスパイシーで、軽く歯を立てただけで粉々になる。少し焼き過ぎちゃった、と道子さんが言っていた通り、舌に残る後味がほろ苦い。まるで、ままならない片思いそのもののような味がする。

無駄だとわかっていながら、俺はジーンズのポケットからスマホを出す。今日もメッセージの返信はなし。電話にも出てくれないし、俺が送ったメッセージには既読マークがつくだけ。

すれ違い、どころの話じゃない。俺はもう二週間以上、運命の恋人から避けられ続けている。俺のオレンジの片割れは、あの子しかいないのに。

「そうですね、室内に置くなら、乾燥しやすいので水をたっぷりあげてください。庭に植えるなら、基本的にほったらかしで平気ですけど、あとは――」

レジの向こうにいるお客さんの質問に答えながら、この時期に人気のクリスマスローズのポットをビニール袋に移す。冬の女王、と称される真っ白な花びら。花言葉は、《私の不安をやわらげて》――今の俺には、身につまされすぎる。

お客さんがドアを押して出て行くと、もみの木のオーナメントの位置を整えていた母が「颯太、今日はいいから、二階で休んでろ」と言う。

「お前、最近、笑顔が薄っぺらいんだよ。心がこもってねぇんだよな」

「でも俺、ちゃんと接客できてただろ？」

「あのな、こんなご時世に、お客さんがどういう気持ちで花を買うか考えろ。余裕がないなかで何とかやりくりして、綺麗なものを飾ったり贈ったりしたいと思ってるんだよ。要するに、ひとりひとりにとって特別な買い物、ってことだ。流れ作業で最低限の接客ができてればいい、なんて、甘ったれたことを考えてんじゃねえぞ」

母に本気で怒られたのは久しぶりだった。店のエプロンを外し、のろのろと二階に上がる。自室のベッドに横になり、性懲りもなくスマホのトークアプリを起動する。

今日から十四日前の月曜の朝、まゆらから届いたメッセージ。

『風邪をひいて熱があるから、今日の二限目は一緒に受けられない』

まゆらの涙を初めて見た夜から二日後のことだ。薄着で出歩いたことが悪かったのだろうか。もっと早くパーカーを貸すべきだった、と後悔した。

翌日の火曜日も水曜日も、学校でまゆらの姿を見かけなかった。俺たちにしてみれば異常事態だ。わざわざスマホで連絡を取り合う必要もないほど、学校や街中で運命的な出会いを繰り返していたのに、それがぷつりと止んだ。

『風邪は治った？』『今、何してる？』『今日はお昼一緒にどう？』

俺のメッセージに対するまゆらの返信は、素っ気ないものばかりだった。

『咳が止まらないから、学校には行けるけど伝染《うつ》すかもしれない』『ごめんなさい、杏里ちゃんとランチしてて気付かなかった。これから講義なの』『今日は食欲がないから』

そして次第に、返事すらこなくなった。木曜、金曜もスルーされ、きわめつきが今日。再びの月曜、二限目のスペイン語の講義に、まゆらは現れなかった。

完全に避けられている。そうとしか思えない。そして、ようやく理解した。彼女が俺を避ける理由と、最後に会った夜の、何かを決意したような瞳。

——実験が失敗したら、二度と会わない。絶交だよ。

そんな大切なことを忘れてしまうくらい、最近の俺は浮かれていた。

同じ講義をいくつも取っている住谷さんからは「まゆと喧嘩でもした?」と心配そうに訊かれた。「宝生さんはなんて?」と訊ねると、「立花君と同じ反応」だという。つまり、困った顔で言葉を濁すだけ、ということだ。

サブローは何も訊かない。今までのように「ラーメン奢ってやろうか?」と茶化すこともない。そういうところが、あいつらしい。

スマホの画面には、まゆらに送った俺からのメッセージだけがずらりと並んでいる。最近は既読マークすらつかない。

あの夜、俺たちは一線を越えた。指一本触れあってはいなくても、ふたりの関係が別のステージに進んだことを、俺も、まゆらもはっきりと感じた。とっくに恋に落ちている俺と、絶対に恋に落ちたくないまゆらが『親友』を目指すという冗談のような試みは、細い赤い糸の上を綱渡りするように、危なっかしいものだった。おっかなびっくり進んでいた俺たちは、あの夜、一緒に足を踏み外した。

俺は最初から、こうなることを望んでいた。親友を装いながら少しずつ距離を縮め、まゆらの頑なな心をほどき、「絶対に好きにならない」という言葉を撤回《てっかい》させる。そしたらまゆらだって、二度と会わないなんて言えないはずだ。全ては計画通りだったのに、たったひとつの誤算は、まゆらが雰囲気に流され誘惑に負けるような女の子じゃなかった、ということだ。

まゆらは、一度口に出したことを簡単に翻したりしない。きっとこのまま、俺から逃げ切ろうとするはずだ。だったら俺は、もう一度まゆらを追いかけなくてはいけない。今すぐ部屋を飛び出して坂道を駆け上がり、あの家の前で待ち伏せをすればいい。予知能力があるまゆらでも、家に帰ってこないわけにはいかないはずだ。

わかっているのに俺が前に踏み出せないのは——ずっと目を逸らし続けていた問題に、向き直らなくてはいけないからだ。つまり、予知能力があるまゆらが俺を遠ざけようとする理由。まゆらだけが知っている、俺たちが結ばれた後の不都合な未来。まゆらの口からそれを告げられることを想像するだけで、たまらなく怖い。こんなにもまゆらを好きになってしまったあとだから、余計に知りたくないと思ってしまう。

……などと深刻に悩んでいても、敷地二十坪の狭小住宅では浸りきれないのが現実だ。

玄関が乱暴に開き、どすどすという乱暴な足音のあと、姉が勢いよく俺の部屋のドアを開ける。今日は昼からブライダルエステに行っていたはずだが、ずいぶん帰りが早い。

「ノックくらいしてくれよ。何か用？」

「ちょっと聞いてよ！　ほんとにもう、胸糞が悪くてさ!!」

荒ぶる姉のために、俺はキッチンに移動し、カフェオレを淹れる羽目になった。姉はよそゆきのコートを脱ぎ捨て、リビングのソファにあぐらをかく。

「今日のエステティシャン、中学時代の同級生だったんだよ」

「へぇ、奇遇だね」

でもないか。あちこちで同級生に遭遇するのは、田舎ではよくあることだ。

「だから仁君とも同級生なんだけど、あたしたちが結婚するって噂を聞いてたらしくてさ。美咲は賢いね、うまくやったねーとか、あたしが打算で仁君をたぶらかしたみたいに言いやがって！　そのくせ、披露宴に仁君の会社の人がたくさん来るなら、二次会だけでいいから自分も呼んでくれない？　とか言いやがって、図々しいんだよ！　呼ぶわけねーだろ、ざけんじゃねぇっ！　って、全裸に紙パンツ穿いただけの恰好でブチ切れてやったわ」

あまり想像したくない光景だ。きっと、仁さんが一流おもちゃメーカーに勤務する会社員ということもあり、姉に対するやっかみもあるのだろう。俺は高校時代から付き合っているふたりを近くでみてきて、姉が仁さんにベタ惚れなことを知っている。だが、周囲があれこれ言いたくなる気持ちも理解はできる。

俺は仁さんの、絵本に出てくる小熊のようなふっくらとしたルックスを思い出す。対して姉は、高校時代は派手なタイプの、いわゆるギャルだった。姉が初めて仁さんを家に連れてきたときは、なにかの間違いかと思ったものだ。

「お前らの目が節穴だっただけで、仁君は中学の頃から最高にかっこよかったんだよ！　たぶらかされてるのは、あたしの方だっての！　ばかやろー!!」

「でも仁さんて正直、昔の姉ちゃんとはタイプが違うじゃん。同じ教室にいたとしても、住む世界が違うというか」

「は？　あんたまで、あたしの頭が悪いことを馬鹿にしてんの？」

「そうじゃなくて、何か好きになるきっかけがあったのかと思っただけだよ」

「えー？　そんなに聞きたいの？」

姉はもじもじと身をくねらせる。一瞬で聞きたくなくなった。

ともかく、姉が仁さんを意識したきっかけは、中学校の国語の授業の作文の朗読だったという。『将来の夢』というテーマに、クラスメイトはみんな、ＹｏｕＴｕｂｅｒになって楽して稼ぎたいとか、普通に会社員で人並みに暮らせればとか、その年頃らしく斜に構えたことを発表した。そんな中で仁さんは『将来の夢は、サンタクロースになることです!』と、目を輝かせて宣言したのだ。

「サンタクロースみたいに、子供がわくわくするようなおもちゃを、世界中に届けたいんだって。そのときはクラスのみんな、半笑いだったけどさ。すごいよね、本当に夢を叶えちゃうんだから」

ふふ、と笑う姉は、俺が見たこともない柔らかい顔をしていた。

「それまでは仁君のこと、お人好しだけどちょっとどんくさいクラスの男子、としか思ってなかったんだけどさ。ああいうのも、一目惚れっていうのかなあ。仁君、そんなに要領が良いタイプじゃないから、高校受験も人の六倍くらい頑張っててさ、気付いたらどんどん好きになってた。中学の卒業式のときに、あたしから告白して付き合うようになって、今年で十年目なんて信じられないくらい、毎日惚れ直させてもらってる」

「……それは、ご馳走様です」

「でも、だから、かな」

姉は自分の髪の毛の先を指にまきつけながら、ふっと顔を曇らせる。

「仁君に比べて、あたしは何もないなーって、ずっと思ってた。だから進路を決めるときも、ほんとは一緒に東京に行きたかったけど、彼氏の夢に乗っかるだけなんてアホっぽすぎない? とか、くっだらないプライドもあって、地元に残ったんだよね。仁君は優しいから、自分の夢のために、あたしを地元から離して東京に呼ぶのは……とか考えてくれてたみたい。ずるずる遠恋を続けることになって、馬鹿だったなぁ」

「遠恋をやめるきっかけとか、あったの？　この人となら一生一緒にやってける、絶対幸せになれる……みたいに、決意した瞬間というか」

リビングのテーブルには、お馴染みの結婚情報誌が置かれている。表紙には、ピンク色の文字で『ぜったいしあわせになる宣言！』というキャッチコピーが書かれている。

姉はカフェオレのマグを両手で持ち、ちょっと考えこむように首を傾げた。それから、「去年のゴールデンウィークにあたしが、仁君のとこに遊びに行ったのを覚えてる？」と言う。

「今までは仁君がこっちに帰省してたから、あたしから会いに行くのって初めてだったし、修学旅行以外でひとりで東京に行くのも初めてで、不安だったんだけどさ」

「もしかして、仁さんのマンションで火事に巻き込まれたやつ？」

「そ。ボヤが出たのはふたつ下の階だったんだけど、煙が結構ヤバくてさ。すぐに救助が来てくれたけど、そのほんのちょっとの時間に、このまま死ぬのかな、やだな、と思ったんだ。だけど、もしここで死んだとしても、あたしの人生結構幸せだったよなーって、嘘じゃなく思ったんだよね。多分、仁君が隣にいたからだと思う」

消防隊に救助され、着の身着のまま毛布にくるまれた仁さんが、ごめん美咲ちゃん、こんなことになって……と涙ぐむ姿を見た姉は、今までのためらいが全て消え去ったのだという。

「死ぬかもしれないっていう状況で、この人が隣にいるから幸せって思えるなら、もう最強じゃん？　仁君が一緒にいてくれる限り、あたしは絶対不幸にならないってことだもん。そんな人に出会えたのに、意地を張って離れて暮らしてる時間がもったいないと思ったんだ。あたしは仁君みたいに夢とか見つからなかったけど、かわりに仁君を見つけたんだよ。頑張る彼を支えたいとか、昭和かよって思うけど、実際仁君の東京のマンション、ひどい有り様だったしさ。結局あたしたち、ひとりじゃやっていけない半端者同士ってわけ」

姉の左手の薬指には、ダイヤモンドが一列に光る婚約指輪がきらめいている。永遠、を意味する、エタニティリングと呼ばれるデザイン。

「……姉ちゃん、式で被る花冠のデザイン、まだ決まってないって言ってたよな。俺が手伝おうか？」

「ほんとに？　めっちゃ助かる！」

姉の笑顔を見ながら、不覚にも鼻の奥が熱くなった。サブローの片思いはきっと実らない。姉も仁さんも、きっとオレンジの片割れを見つけたのだ。

「でも姉ちゃん、顔が派手だからな。花冠より、シンプルなティアラのほうがいいんじゃない？」

「花屋の娘が花冠を被らなくてどうするの？　招待客に、うちの店の魅力をアピールする絶好のチャンスでしょ？」

「じゃあ輪っかにするのはやめて、ヘッドドレスにしたら？　こうやって髪を横に流して、後ろだけゴージャスに生花で飾る感じで。胡蝶蘭《こちょうらん》にカサブランカ、白いポインセチアなんかもよさそうだけど」

チラシの裏にデザイン画を描き、ふたりであぁだこうだと言い合っていると、姉のスマホが鳴った。姉はちょっと眉をひそめ、「サブローだ」と言う。

「今日は会えないって言ってるのに、しつこいんだよね」

「姉ちゃんには絶対服従なのに珍しいじゃん。何かあった？」

「昨日も飲みに行ったんだけど、披露宴のスピーチを頼んだら急に、『気分悪いから帰る』とか言って、すっごい感じ悪かったんだよ？　何なのあいつ、遅すぎる反抗期か？」

衝撃の発言に、スケッチに使っていた色鉛筆を床にばら撒いてしまった。

「なのに今日になって急に、ほんの少しでいいから会いたいとか言ってきてさ。勝手なんだよね。今夜は、モトダミートの耀ちゃんから貰った十和田《とわだ》牛で、すき焼きの予定なのに」

「そんなの明日でいいじゃん！　肉は冷凍しておくからさ」

「えー、でも味が落ちるじゃない。あっ、そうだ、仕方ないからサブローを家に呼んで、五人ですき焼きにする？　豆腐でかさましすればいいよね」

「姉ちゃん、そうじゃなくてさ……」

どう伝えたらいいかわからないが、とりあえず俺は姉の肩に手を置いた。

「頼むから、行ってやって。サブローが今まで、姉ちゃんに逆らったり無茶言ったりしたこと、あった？」

「ん？　そういえば、ないかもね。仕方ない、行ってやるかあ」

姉は面倒くさそうにコートを羽織り直し、スマホを耳に当てながら家を出て行った。窓を開け、ブーツで坂道を上ってゆく姉の姿を見つめる。

「あー、ほんとに、どっちもこっちも……」

誰に向けるでもなく呟き、俺はもう一度スマホをタップする。新着メッセージがないことを確認し、そのままソファに突っ伏した。

——夜の十一時頃、俺は自分の部屋のベッドで、玄関のドアが開く音を聞いた。父も母もすでに寝室だ。そっと部屋を出ると、薄暗いリビングに姉の姿が見えた。キッチンの灯りだけを点け、コップの水を飲んでいる。

「……颯太、知ってたんでしょ」

姉の声には、かすかに涙が混ざっていた。

「俺がどれだけあいつと一緒にいると思ってんの」

「そんなの、あたしだって一緒だよ」

小さく洟をすする音がした。姉の肩を軽く叩いてから、俺はパーカーを羽織って家を出た。まゆらの香水の残り香は、とっくに消えている。自転車に乗って走り出すと、深夜の冬の空気が、ぴりぴりと頬を刺した。


インターホンを連打しても応答がないので、合鍵を使い玄関のドアを開ける。

「そこにいるなら、ドア開けろよな」

「居留守《いるす》だよ、気付けよアホ」

「本当に入れたくないならチェーン掛けろよ、どアホ」

まったく、手間のかかる甘ったれだ。玄関の上がり框に倒れ伏しているサブローは、顔を背けたくなるほど酒臭い。肩を貸し、リビングまで連れていく。壁をぶち抜きワンフロアにした部屋は、学生のひとり暮らしとは思えないほどの広さだ。革張りのソファとベッド、巨大なテレビ以外は、最低限の家具しか置かれていない。

ソファに転がしたサブローの頬は、負け試合のボクサーのように腫れていた。

「姉ちゃんにビンタでもされたのか」

「パーじゃなくグーだよ。あいつ、なんであんなに強いんだ？」

「空手道場、俺らはすぐ逃げ出したけど、姉ちゃんは黒帯まで続けたからだろ」

何があったか聞くのも野暮《やぼ》だが、とりあえずサブローの片思いが終わったことだけは事実だ。

「我が姉ながら、お前に結婚式のスピーチを頼むのは酷すぎるよな」

「ふざけんな、って言ってやったよ。何がスピーチだよ、呪いの言葉しか出てこねーよ」

「いい加減、他に目を向けろよ。お前なら選び放題だろ」

俺が手渡したコップの水を、サブローは顔をしかめて飲み干す。よく見ると、唇にも血が滲んでいた。

「来年の颯太の誕生日には、もう弟面で参加できないよな」

今年の俺の誕生日は、我が家でのしゃぶしゃぶパーティーだった。せせこましいリビングで大人五人で鍋を囲むのはさすがに窮屈で、母が「お前ら三人、デカくなりすぎなんだよっ」と不平を言った。まんざらでもなさそうだったけど。

「そんなこと言うなよ。うちの家族、父さん以外は辛党なんだからさ。お前が来なかったらケーキが余るだろ、それに来年からは……」

仁さんの妻になり東京で暮らす姉は、今までどおり我が家のイベントに参加できないだろう。自分で言いかけた言葉に、想像以上の寂しさを感じた。

母の言う通り俺たちは大きくなりすぎ、いつのまにかいろいろなことが、今まで通りにはいかなくなる。

サブローはかなり酔っているのか、いつのまにか寝息を立てていた。ベッドの上からブランケットを運び、サブローの体を覆う。

壁一面に嵌《は》め込まれた大きすぎる窓は、濡れたような冬の夜景を映している。週に一度、家事代行業者に掃除を頼んでいるだけあって、どこもかしこも綺麗に整えられている。我が家とは大違いだ。

サブローはかつて、うちの店の隣に住んでいた。小学生の頃にサブローのばあちゃんが亡くなり、高校の途中でじいちゃんが亡くなったので、自転車屋ささきは店を閉めた。

サブローに父親はいない。母親にも、俺は会ったことがない。正確には、見たことはある。参観日や運動会の保護者席にではなく、サブローの母親はいつも、テレビの向こう側にいる。女性の地位向上のために戦う政治家、政界の巴御前《ともえごぜん》、というのが彼女のキャッチフレーズだ。公的には、独身、未婚、子供はいない、という設定になっている。だからサブローは、高校からずっと、このビルでひとり暮らしをしている。

商店街には、サブローの母親のことを知る人物は数多くいるはずだ。だが誰も、その話題には触れない。モトダミートの耀司さんが、マッチングアプリで知り合った女性と順調に交際中だということは商店街中の噂になっているというのに、サブローと母親のことについては、誰も語ることはない。そういうところも、俺があの街を好きな理由のひとつだ。

俺の実家は、祖母が始めた小さな花屋。フラワーショップとは名ばかりで、昔ながらの店構えはお洒落とは程遠く、客は年々減っている。潰れかけの店を切り盛りする母と、家族を養うために休日出勤や残業もいとわず不動産会社で地道に働く父。俺の両親は、誰かの人生を劇的に変えたりはしない。でも半径五十センチ以内の、手を伸ばせば届く距離にいる人たちのために、毎日汗を流している。サービス業のふたりが土日に休みを取れるはずもなく、運動会や学芸会の日程はいつも仕事とかち合っていた。それでも、俺や姉の出番のときは、バイクや自転車をぶっ飛ばして、ほんの少しの時間でも駆けつけてくれた。ときに鬱陶しくなるくらい、誰かしらの目が俺を見守っていた。過干渉、お節介、余計なお世話。そんなふうに思うこともある。でもあの狭い家で、センスのかけらもなく雑多なものがごちゃごちゃに詰め込まれたあの家で、俺は寂しいなんて思ったことは一度もない。

両親の生き方も家庭環境も、サブローとは何もかもが真逆だ。

だからサブローは姉に惹かれ、俺の家族にも心を許しているのかもしれない。

「……お疲れ、サブロー」

憎たらしいほど整った寝顔を見下ろし呟く。幼馴染のサブローが、長年の片思いにピリオドを打った。姉は自分のオレンジの片割れを見つけ、もうすぐ我が家から出てゆく。俺も、いつまでも立ちすくんでいるわけにはいかない。

明け方、俺はサブローにブランケットをかけなおし、部屋を出た。

街は一晩で雪景色に変わっていた。自転車はサブローのビルの駐輪場に置いていった。

まだ誰にも踏み固められていない真っ白な雪道を歩きながら、ようやく俺は、あの子をつかまえる決意を固めた。

第八話　キンセンカ

　キャンパスに到着した時点で、一限目の講義はとっくに始まっていた。俺の講義は、教育学部棟の三階の民俗学。でも今日は人文学部棟一階の廊下で、壁の向こうから聞こえてくる西洋芸術史の講義の声に耳を傾けている。

　一枚壁を挟んだ向こうで、まゆらはきっと、いつものように真剣な表情でノートを取っている。講義が終わった瞬間を待ち伏せて、捕まえる。もしまゆらが俺の待ち伏せを予期して上手く逃げおおせたとしても、俺はまゆらが話を聞いてくれるまで絶対にあきらめない。もしもこの先、俺とまゆらの未来にとんでもない不運が待ち受けているとしても、俺は絶対にまゆらを不幸にさせない。俺たちを結び付けた運命に、今度は全力で抗《あらが》ってみせる。こんなに平凡な俺を、まゆらはいつも、世界で一番特別な運命の相手だと言ってくれるから。

　チャイムが鳴り、学生たちが講義室から出てくる。教材を抱えた教授が去ったあと、廊下に静寂が訪れる。

　しばらくしてドアの向こうから、ずっと待ち続けていた足音が聞こえた。最後に講義室から出てきたまゆらは、俺を見ても驚かなかった。予知能力がある彼女には、俺の行動なんてお見通しのようだ。

　昼が、緊張したようにぎゅっと結ばれていた。膝より長い丈の黒いジャンパースカートに、丸襟の白いブラウス。腕には、赤いコートを抱えている。たった二週間だ。たった二週間会えなかっただけなのに、顔を見ただけで、こんなにも胸が熱くなる。

「颯太、金曜日の一限目は、民俗学でしょう？　だめだよ、さぼるなんて」

「まゆらに言われたくないな。俺を避けるために、二週連続でスペイン語の講義を休んだくせに」

　俺が一歩近づくと、まゆらは怯えたように後じさった。

「久しぶり。不自然なくらい、遭遇しなかったね。まるで俺を避けてるみたいに」

　まゆらは眉間に皺を寄せ、胸の前でコートをきつく抱きしめている。初めて会ったときも、同じ表情で俺を見上げていた。今ならわかる。まゆらは俺に怒ったり、苛立っているわけじゃない。俺の後ろにある何かに怯えていて、必死に自分を奮い立たせようとしているだけだ。

「まゆら、ちゃんと説明して」

「説明しなくても、もうわかってるでしょ？　初めに約束したじゃない。『失敗したら二度と会わない』って――」

　突き放すような言葉の本当の意味を、きっと俺しか知らない。どんなに素直で可愛い「好き」の言葉よりも、俺の胸を締め上げる。まゆらの瞳は落ち着きなく揺れていて、俺よりもずっと、まゆらのほうが混乱していることがわかった。

「……だめなの。颯太といると、私、だめになる……。颯太といる自分が、私は嫌いなの」

　別人のように弱々しい声。でも言葉だけは、いつも以上に容赦なく俺の心を抉《えぐ》る。

「連絡しなくて、ごめんなさい。でも、しばらく颯太と離れていたい」

「待って！」

　まゆらが身をひるがえして走り出す。すかさず追いかけ、角を曲がった瞬間だった。台車に大量の研究書を積んで歩いてくる岩本教授に、正面からぶつかった。岩本教授は尻もちをつき、研究書が廊下に散らばる。いっそ無視して追いかけようかと思ったが、ぎっくり腰をやったばかりの岩本教授は、本を一冊拾うだけで四苦八苦している。このまま知らん顔はできない。本を元通りに積み上げる頃には、まゆらの姿は消えていた。

　次のまゆらの二限目の講義は、近代フランス文学だ。講義室を目指し走り出そうとしたとき、今度はマナーモードにしていたはずのスマホが、最大音量で鳴り響いた。

『颯太、二限目空きだったよな。俺の近代芸術史、代返《だいへん》頼む。あの講義、出席票に名前を書くだけだから』

スマホの向こうから、息も絶え絶えのサブローの声がする。都市部の学生の間では死語になりかけているらしい、代返というシステム——欠席した学生の代わりに、他の学生が点呼の返事をしたり、名簿に印をつけたりする行為——が、伝統を重んじる我が校では、未だに残っている。もちろん、最近は学生証をカードリーダーにかざす出欠確認が主流なので、レアケースではあるが。そういう講義は、不真面目な学生にはうってつけなので参加人数が多く、より代返がバレにくいシステムになっている。

『今日欠席したら、単位落としてマジで留年する』

「這ってでも来い!!　それか、他の奴に頼め！」

『やめとく。颯太以外に頼んだら、見返りを期待されるのが怖い』

確かに。性別・年齢関係なく、あらゆる層から狙われているからな。

『潔くあきらめるわ。来年からは後輩としてよろしく、颯太先輩』

言うが早いか、スマホの向こうで嘔吐する音。昨夜の大失恋にくわえて留年確定だなんて、不憫にもほどがある。仕方なく行き先を、教育学部棟の三階に変える。

無駄だと思いつつ、まゆらに電話をかけた。意外にもツーコールでまゆらが出る。

『——立花君？』

だがスマホの向こうで怪訝そうな声を出すのは、まゆらではなく住谷さんだ。

『まゆ、昨日の飲み会でスマホ忘れちゃって。預かってるんだけど、今一緒にいる？』

――いない。なんだ、この不運の連続は。

だが、この現象には覚えがある。まゆらが予知能力を駆使し俺との出会いを避け続け、運命が全力で俺たちを引き合わせようとしていたときのことだ。しかも今回はアシストではなく、俺たちを引き離そうとしているとしか思えない。まるで、俺の本気を試すみたいに。

『立花君、二限目何？　私は近代芸術なんだけど――』

「奇遇だね。俺もそれに出るところ」

あきらめて人文学部棟を出る。このくらいじゃ、俺は負けない。絶対に、あの子との追いかけっこに勝ってみせる。

「――え？　合コン!?」

素《す》っ頓狂《とんきょう》な声を出してしまった。講義室じゅうの視線が俺に集中し、住谷さんに睨まれる。ちなみに今は、サブローの代理で『近代芸術史』の講義の真っ最中。教授は一瞬だけ俺に視線を向けたものの、すぐにスライドに映した絵画に向き直り、淡々と解説を進める。

「昨日、まゆと同じ講義を受けてたときに、早苗に声をかけられたんだ。合コンの人数が足りないからって。私は止めたよ。でも、まゆが、絶対に行くって言って聞かないから」

　住谷さんが溜息をつき、「見てよコレ」とスマホを差し出す。早苗のＳＮＳの投稿写真だ。オレンジ色の照明の中で、カクテルグラスを持って微笑む早苗と、硬い表情のまゆらが映っている。その後ろには、早苗と同じようなテイストのファッションの女の子と、見切れている住谷さん。一見、女子だけで楽しく飲んでいるような写真だ。

「それで、こっちが、一緒に飲んだ男メンバーのアカウントね。医学部の久我山《くがやま》っていうんだけど、知らない？　どっかの大病院の跡取り息子らしくてさ。女の子をとっかえひっかえしてチャラついてる奴なんだけど、女子にはそこそこ人気があるんだよ。将来性狙いっての？」

　住谷さんが新しく表示させたのは、男女がテーブルを囲んでいる写真だ。女子と男子が四人ずつ、男の方は服装や髪形がバラバラだったが、商店街の長老たちが『これだから今時の若いもんは』と眉をひそめそうな軽薄さがただよっている。

　恐る恐る住谷さんのスマホをスワイプする。久我山何某《なにがし》のＳＮＳは、まるで一緒に飲んできた女の子たちをコレクションするかのような写真で溢れていた。その中にはもちろん、まゆらもいる。流行のＫ－ＰＯＰアイドルに無理矢理寄せたようなピンク色の髪の男と肩を寄せ合い、親指と人差し指で不器用なハートマークを作っている。指示されたポーズをいわれたままにとったのか、顔だけは無表情なところが、まゆらしい。

住谷さんは俺の背中に手を当て、珍しく真面目な口調で言う。

「立花君、落ち着いて聞いてね。まゆら、合コンの自己紹介でなんて言ったかわかる？」

「人文学部二年の宝生まゆらです、よろしくお願いします、とかじゃないの？」

就職の面接試験のように、四十五度の角度で頭を下げる姿が目に浮かぶ。住谷さんは、同情するような一瞥を俺に投げかけてから、まゆらの普段の様子を真似るように、居住まいを正した。

「宝生まゆらです。人文学部二年生です。本気の恋愛はできないので、割り切ったお付き合いをしてくれる男性を募集中です」

「嘘だろ!?」

「本当。男子チームがあからさまに引いてて、久我山以外の男がまゆらに言い寄らなかったのが救いだけど」

もはや言葉が出てこない。俺の運命の恋人は、一見真面目な常識人だけど、実はとんでもなくぶっ飛んでいて、ものすごく馬鹿だ。

住谷さんは、その後の顚末《てんまつ》を話してくれた。住谷さんは一次会で帰ったものの、まゆらは、二次会にも行く、誘いを受けた以上最後まで責任を果たす、などと言い、他のメンバーとカラオケボックスに行ったらしい。

「なんで先に帰った住谷さんが、まゆらのスマホを持ってるの？」

「さっき早苗に会って、まゆの忘れ物だって渡された。まゆ、カラオケの途中で久我山と消えたらしくて」

次々と明らかになる衝撃の展開に、俺の脳がフリーズしかけている。住谷さんの極彩色の派手な服と相まって、目の前がチカチカする。

「立花君がしっかりしてないから、こんなことになったんじゃないの？　まゆ、思いつめると何をしでかすかわかんない子なんだから」

「おっしゃる通りです……」

まゆらが何を考えているのか、俺にはさっぱりわからない。だけど、運命の恋人である俺にすら、半径五十センチ以内の接近を許さなかったまゆらのことだ。久我山とは何もなかったはずだ。なかったと信じたい。ないって言ってくれ、頼むから。

とにかく俺は、もう一秒たりとも、あの無鉄砲な子を野放しにしておけない。チャイムが鳴ると同時に講義室を飛び出し、廊下の窓に張り付く。

まゆらの二限目の講義は近代フランス文学。講義室は一階の南側。三限目は空きコマだから、一度家に帰って、午前のレッスンを終えたすみれさんと昼飯をとる。まゆらの時間割や曜日ごとの行動パターンは、すでに把握済みだ。

まゆらはもうすぐ講義室を出て、渡り廊下から中庭におり、この窓の下を歩いて正門に向かう。近代フランス文学の教授は雑談が長く、講義時間がいつも五分オーバー。そう、だからもうすぐ出てくるはずだ。何人かの女子が笑いながら渡り廊下を歩いてくる。その後ろに、世界中にたったひとりの、俺だけの特別な女の子がいる。

窓を全開にし身を乗り出すと、十一月の冷気が肌を刺した。それでも熱くなりすぎた頭は冷めそうもない。

「まゆら!!」

声を張り上げ名前を呼ぶ。まゆらが二階にいる俺を見上げた。綺麗に撫でつけられたボブの髪も、真っ白な肌も、いつもとどこも変わらない。

「そこで待ってて！　今から行くから！」

『行くから』の『ら』が、まだ口の中に残っているあいだに、まゆらは猫のような俊敏《しゅんびん》さで俺に背を向ける。

「逃げるなよ！　待ってくれないなら、ここから飛び降りる！」

やけくそで叫んだ。まゆらは振り返ることもなく走り出す。俺のはったりなんか、お見通しだ。まゆらには、俺が見えないシナリオが見えている。

OK、わかった。それならここからは俺のアドリブだ。

「ごめん住谷さん、先に行く」

「え？　そこから!?」

俺が窓枠に足を掛けると、住谷さんが悲鳴のような声を上げる。

まともなルートで追いかけても、俺はあの子を捕まえられない。今までの俺のやり方を守っていたら、ふたりの未来は変えられない。だったら俺は今から、君の目の前で、君が見た未来を変えてやる。

校舎のあちこちから悲鳴が上がるなか、俺は足許から七メートル下の植込みに狙いをつけ、思いきり跳んだ。降り積もった雪がクッションになり、思ったほどの衝撃はなかった。落ちたときにひねったのか打ったのか、右の足首から脹脛にかけてが痛む。植込みの枝や葉で、顔に引っ掻き傷もできたはずだ。それでもなんとか、無事の範疇だ。

「信じられない！　何してるの!?」

血相を変えたまゆらが駆け寄ってくる。

最初に二階から飛び降りたのは君だ。運命の相手である俺と、出会わないようにするために。でも俺たちは出会って、恋に落ちた。だから君が無茶をして俺から逃げるなら、俺は無茶して君を捕まえる。

「昨日、合コンに行ったって聞いた。久我山って奴とふたりで消えたって……嘘だよね？」

もう答えは知っているはずなのに、それでも嘘だと言ってほしかった。『そんなことするわけないでしょ！』と、いつものように怒ってほしかった。

まゆらは一瞬だけ怯んだ顔を見せたけど、すぐに正面から俺を見つめ返した。

「本当だよ。二次会を脱け出して、久我山君の西弘のアパートに行った」

その言葉だけは、聞きたくなかった。ショックと動揺でめちゃくちゃの頭の中で、そんな資格もないのにまゆらを責める言葉ばかりが浮かぶ。

「あいつが好きなの？」

「そんなわけない」

じゃあどうして、と呻く俺に、まゆらは唇を結んだまま、何も答えない。

「……なんでそんなに馬鹿なの？『割り切ったお付き合い』って、そんなふうに言ったら男がどう思うかくらい、わかるだろ？」

煮えくりそうなくらい腹が立っているのに、弱々しい声しか出てこない。痛めた右足じゃなく、心臓が、どうかしているんじゃないかと思うくらい痛んだ。

まゆらは目を伏せ、しばらく考え込んでいた。それから、自分のなかの答えを探すように、ひとことずつ言葉を繋ぐ。

「恋人を作るのもいいかもしれない、って思ったの。ちゃんと私の気持ちを説明して、それでもいいって納得してくれる人となら、付き合ってみるのもいいかもしれないって……。だけど、ちゃんと初めに伝えておかないと、フェアじゃないから。絶対に好きになれないってわかってるのに、それを隠して本気のふりで付き合うなんて、相手に対して失礼だと思ったから……」

不器用で真っ直ぐなまゆらの言葉に、息を呑む。まゆらにそんなつもりがないことはわかっているけど、過去のずるい自分を責められているようで、言葉が見つからなかった。

「颯太と実験をやり直すためには――また前みたいな気持ちに戻って、『親友』として一緒にいるためには、そうすることが必要なのかもしれないと思ったの」

そうだ、この子はこういう子なんだ。無鉄砲で、一生懸命なのに、ときたま努力の方向性を間違える。

馬鹿だ。本当に馬鹿だ。馬鹿な子ほど可愛いなんてレベルを遥かに超えている。

「まゆら。二度と、そんな馬鹿な真似はやめて」

「馬鹿馬鹿って、頭ごなしに否定しないで！　私はあれから、ずっと真剣に考えてたんだよ。颯太が急に、あんなことをするから！」

何回も馬鹿だと言われて腹が立ったのか、まゆらは顔を真っ赤にして怒鳴った。

「颯太は友達のハグだって言ったけど、私はそんなふうに思えなかった！　颯太はいつも、日常的に佐々木君と抱き合ってるから平気だったのかもしれないけど、私は違うの！」

「ちょっと、まゆら、落ち着いて……」

案の定ギャラリーが、「佐々木君とハグ……？」「日常的に抱き合って？」「嘘、佐々木君と立花君、付き合ってたの？」「それはそれで……」とざわめき出す。それはそれで、ってなんだ。

「佐々木君は颯太に抱きしめられても平気かもしれないけど、私はそうじゃなかったの！　私は全然、友達の気持ちになんかなれなかった！　あの夜からずっと、颯太のことが頭から離れなくて、平気でなんかいられなかった！」

目に涙をためて怒鳴るまゆらを見ていられなくて、俺は顔を俯けた。

「……嘘だよ」

「何が!?」

「サブローといつも抱き合ってるとか、全部嘘だよ。俺は友達には、あんなことしない」

「何でそんな嘘をつくの!?」

「まゆらが好きだから。初めて会った瞬間から好きで、知れば知るほど好きになって、友達のハグだって嘘をついてでも、あのときまゆらを抱きしめたかったから」

そこだけはかろうじて、ちゃんと顔を見て言えた。まゆらは目を見開き、口をぽかんと開けた。唖然とした顔が、さらに真っ赤に染まってゆく。

「最初は、友達からでいいと思ってた。いつかはまゆらが、実験をあきらめて俺の恋人になってくれるんじゃないかって。でも一緒にいればいるほど、君はそういう人じゃないって思い知った。一度決めたことをなしくずしに破るような人じゃないし、真っ直ぐ前に突き進むことしかしない――いや、できない子なんだって、わかった。そういうまゆらを、俺はますます好きになった。それからは、友達のままでもいいかもしれない、と思うようになったよ。そしたら俺は、ずっとまゆらの傍にいられる」

「聞こえない！　私は、何も聞こえてないから！」

「でも、もうだめなんだ。俺の恋人になってくれない君を、近くでずっと見ているのがつらいくらい、好きになっちゃったんだ……」

逃げ出そうとするまゆらの手を、ぎりぎりで掴まえる。まゆらの手は、びっくりするほど小さくて冷たかった。

「離してよ！」

「離せない」

まゆらがキッと目尻を吊り上げる。これも初めて見る顔だ。自分の尊厳を冒《おか》そうとする俺に、本気で腹を立てている。

「力で相手の意志をねじ伏せようとするなんて、卑怯だよ！　確かに私は腕力では颯太に敵《かな》わないけど――」

「ごめん。本当に離せないんだ」

絞り出すような俺の声に、まゆらが眉をひそめる。骨に響く痛みがどんどん増して、脂汗さえ浮かんでくる。

「……さっき飛び降りたときに、やっちゃったみたいなんだ。足が折れたかも。できれば、肩を貸してくれないかな」

「どうして早く言わないの!?」

まゆらに叱り飛ばされながら肩を借り、途中、通りすがりのラグビー部員に手を借りて、なんとかタクシーで大学病院にたどり着いた。

その間ずっと、まゆらは窓の外を睨んだまま、一度も目を合わせてくれなかった。


右足甲の骨折、全治一ヵ月。白い靴型のギプスで固定してもらい、慣れない松葉杖を使って診察室を出る。待合室のソファに座っていたまゆらが、勢いよく立ち上がった。

「お医者さんは何て？　手術は？」

「大丈夫。三週間はギプスで、あとは通院だって」

青ざめていたまゆらの顔に、少しずつ血の気が戻る。まゆらの方がよっぽど病人のようだった。

「どうしてこんな無茶をするの」

「……ごめん」

一階のロビーは混んでいた。財布から出した保険証と、看護師に渡されたファイルを会計窓口に持ってゆく。名前を呼ばれるまで、当分時間がかかりそうだ。松葉杖につかまり、ギプスの足が床に着かないように気をつけながら、慎重に椅子に座った。まゆらも俺の隣に座り、体の緊張をほどくように、ゆっくりと長い息をつく。

「久我山君のことだけど」

その名前は聞きたくない。俺は、黙って自分の白いギプスを見つめた。

「二次会のカラオケで、部屋に誘われたの。何度も断ったけど、『絶対何もしないから』って。自分が嘘つきじゃないことを証明するためについてきて欲しい、って」

「どういうこと?」

「久我山君が、初対面の女の子を部屋に誘っても何もしない紳士だ、っていうことを証明するために、ついてきて欲しいって。それで、行ってみることにした」

「何でそうなるんだよ……」

「久我山君がアパートのドアを開けたら、少し年上の綺麗な女性が、正座をして待っていたの。『あなたは?』って訊かれたから、『さっき合同コンパで会って部屋に誘われた者です』って答えた。そしたら女性が久我山君に飛び掛かったから、私は家に帰った。久我山君の悲鳴が聞こえたけど、助ける義理はないし」

まさかの修羅場、三角関係。ひょっとしたら、まゆらは――

「久我山の家に行ったら彼女が待ってるって、知ってたの?」

「正確には、彼女じゃなくてお母さんだったみたい。久我山君、合同コンパに忙しすぎて今年の留年が決定して、お母さんが様子を見るために、部屋で待ち伏せしてたの。反省してると思って許してやったのに、女の子ばっかり追い回して！　仕送りを止めてもいいの!?　って、怒鳴られてた」

「……そっか。まゆらには、なんでもお見通しだもんな。久我山を、こらしめようと思ったの？」

「別に。あんまりしつこかったのと、ちょっとむしゃくしゃしてたから」

すごくほっとしたのに、このあと自分が言わなくてはならない言葉を考えると、うまく笑えなかった。俺はまゆらに、どうしても聞かなくてはいけないことがある。でもそれを聞いてしまったら、俺たちの関係が決定的に変わる予感がしていた。今朝、サブローの部屋を出たときからあたためていたはずの言葉は、いつのまにか冷え切って、喉の奥で固まっていた。

怖かった。二階の窓から飛び降りたときより、何倍も。

「まゆら、ごめん」

「謝ってばっかりだね」

「そうじゃない。そっちじゃなくて、今までずっと、まゆらひとりだけに背負わせていて、ごめん」

まゆらが目を見開く。緊張で、手のひらに汗が滲んだ。

「教えてほしいんだ。俺たちが恋に落ちた先に、どんな未来が待ち受けているのか。まゆらが何を怖がっているのか、全部聞かせてほしい」

俺たちはそのまま、しばらく見つめ合っていた。まゆらの強張った白い頬から、少しずつ力がぬけてゆく。もしかしたら、まゆらはずっと、この瞬間を待っていたのかもしれない。

やがて、まゆらはゆっくりと唇を開いた。こぼれ落ちる言葉のひとつひとつが、金色の糸のように絡み合い、未来の俺たちのラブストーリーを紡ぎ出してゆく。

美しく、幸福で、残酷で、どうしようもないくらいに悲しい、おとぎばなし。俺の耳には、そんなふうに聞こえた。

帰りのタクシーでは、お互い黙り込んだまま、ひとことも言葉を交わさなかった。張りつめた空気を和らげようとしてか、ドライバーが何度か話を振ってくれたけど、俺にとってもまゆらにとっても、迷惑でしかなかった。

車が桜田町《さくらだちょう》に入る頃には、すっかり夜が更けていた。

「そこの大きな家の前で、ひとり降ろしてください」

俺が言うと、まゆらがバッグから財布を取り出す。チェリーピンクのレザーに小さなスタッズが並んだデザイン。初めて会った日、学食の売店で一緒に飲み物を買った。奢ろうとする俺を押しのけて、同じ財布を開いた姿を思い出す。鼻の奥がじんと疼いた。まゆらに気付かれないように、顔を背けて窓の外を睨んだ。

「五千円札しかないの」

「いいよ」

「でも、余った分は明日学校で返してくれればいいから」

「いいって言ってるだろ」

情けない鼻声をごまかそうとしたせいで、思いがけずに強い口調になった。まゆらは、何も言わずに財布のファスナーを閉めた。

タクシーが停まる。本当なら、俺の馬鹿な行動のせいでこんな時間になるまで付き合わせてしまったことを謝るべきなんだろう。でも今は、感情を抑えるだけで精一杯だった。

病院のロビーで語られた俺たちの未来は、想像を遥かに超えていた。

ドアが開く音がする。革張りのタクシーのシートが、まゆらの体の重みを失って小さく軋む。ブーツの踵がアスファルトにぶつかる音。

今振り返らなければ、きっともう二度と、まゆらを見送ることはない。

「颯太、私ね……」

「さよなら、宝生さん」

顔を背けたまま、まゆらの言葉を遮る。

ちゃんと冷たい声が出た。ちゃんと冷たい声を出すことができて、ほっとした。

まゆらはしばらくその場に佇んでいた。振り返りたくなる衝動を、奥歯を噛んで殺した。

「……さよなら、立花君」

いつものように凛とした、だが悲しそうな声。それを合図に、ブーツの足音が遠ざかる。

格子状の門を開ける音が聞こえた。

戸惑うドライバーに、「行ってください」と告げる。声が震えた。もう、平気なふりはできなかった。

二十年間生きてきて、今まで五人の女の子と付き合った。

だけど嫉妬に我を忘れたり、腹が立って怒鳴ったり、思い通りにならなくて身悶えたり――そんなことは、今まで一度もなかった。精一杯優しく大切にして、いつも彼女たちの方から別れを告げられた。理不尽に思うことも、落ち込むこともあった。鬱陶しがるサブローを付き合わせ、カラオケで失恋ソングを歌ったことだってある。

でも今日、俺は失恋して、初めて泣いた。


家に帰ると、すでに店は閉まっていた。苦労しながら階段を上りリビングに向かうと、キッチンから湯気がこぼれていた。コンロに載った土鍋から、おでんの良い香りがする。

エプロンを着けた父に、「残業がないなんて珍しいじゃん」と声をかける。こんな時間に家にいることはめったにない。

「久しぶりに家が一軒売れたから、今日は牛すじ入りおでんだぞ！」

笑顔で振り向いた父が、俺の足のギプスを見て悲鳴を上げる。

「麗華ちゃん！　みーちゃん！　颯ちゃんが！　うちの可愛い颯ちゃんが!!」

「おおげさだって。あと、その呼び方ほんとやめて」

父の悲鳴を聞きつけ、姉が部屋から飛び出してくる。

「何よ、どうした!?　あんた、弱いくせに喧嘩でもしたの？　誰にやられた？」

「転んだだけだよ」

風呂場の方で物音がして、母が出てくる気配がする。さらに面倒なことになりそうなので、「食欲がない」と告げ自分の部屋に引きこもった。

上着も脱がずにベッドに倒れ込む。

何を聞いても平気だと思った。受けとめられると思っていた。

まゆらが見通す俺たちの未来に、どんなに悲しい出来事が待ち受けているとしても、乗り越えられると思った。でも、病院でまゆらが語った言葉は、俺の決意を木端《こっぱ》微塵《みじん》に叩き潰した。

俺とまゆらの未来は、ただ穏やかで——柔らかな金色の光に包まれているように、幸福だった。

　俺たちは大学を卒業後、地元で就職を決める。俺は公務員試験に合格し、市役所の社会福祉課に配属。まゆらは地元の銀行に。二年後のまゆらの誕生日、レストランで食事をし、帰り道に車の中で俺からプロポーズをする。まゆらは仕事を辞めてうちの花屋を手伝いながら、フラワーアレンジメントの専門学校に通うようになる。一年後に男女の双子が生まれ、三十六歳のときに三十年ローンで店の改築を決意。店はそこそこ繁盛し、花屋に併設した小さなカフェも盛況で、長男が店の跡を継ぐ。長女は大恋愛の末に親の反対を押し切り高校卒業後すぐに結婚、四人の子供に恵まれる。俺は定年と同時にローンを完済し、店と家を長男夫婦に譲り、まゆらとふたりで小さなマンションに移り住む。毎朝手を繋いで散歩をし、忙しい長男夫婦のために孫の保育園の送り迎えをし、ときどきはふたりで花屋の仕事を手伝い、俺は市の集団健診で血圧高めと診断されて、まゆらは毎日の食事に細心の注意を払うようになって、そしてふたりは――

『……大丈夫？』

　まゆらが心配そうに俺の顔を覗き込む。映画のあらすじのように淡々と語られる未来に、めまいがした。まるで、度の強すぎる眼鏡をかけたときみたいだ。

　目頭を指で揉もうとし、自分の手が震えていることに気付いた。興奮や感動とは違う、初めての感情だ。強いて名前を付けるなら、恐怖に近いかもしれない。

『すごいね。男女の双子？　全然想像できない』

『男の子は颯太に似ていて、女の子は私に似て融通がきかないの』

まだ戸惑いだらけだし、すぐには受け入れられない。だけど未来の俺は、ちゃんとまゆらを幸せにできる。その事実にほっとした。だからかろうじて、笑顔を作ることができた。

『女の子は、家族の反対を押し切って結婚って……どんな相手なの？』

『今はまだ、知らないほうがいいと思う。そもそも私たちがこのまま——ずっと親友のままで結ばれなければ、その未来は消滅するから』

ずっと聞くのが怖かった、俺たちの恋の未来。それを教えてもらえば、まゆらが俺を拒む理由もわかると思っていた。だけど実際は、腑に落ちないことだらけだ。

『それが俺を避け続けた理由？　でも——』

その未来は、俺にとってはじゅうぶんすぎるほど幸せに思える。戸惑う俺の視線を横顔に受けながら、まゆらは目を伏せた。

『颯太と結婚して、子供を産んで、お花屋さんの仕事と子育てに追われながら、いつのまにか歳を取って、またふたりだけに戻って、いたわり合いながら暮らしていく——そういう生活を、幸せと呼ぶんだって、私にもわかってる』

『じゃあ、どうして……』

まゆらが、ぎゅっと唇を噛んだ。答えが返ってくるまでの時間を、永遠のように長く感じた。

『満足できないの。颯太がくれる幸せじゃ、私は満足できないの』

絞り出すような声だった。頭が真っ白になって、何の言葉も返せなかった。

未来の俺が彼女に捧げた精一杯の幸福は、リボンをほどかれ中身を確かめられてから、これじゃだめだと突き返された。そういうことだ。

『颯太といると、一緒にいるだけで心地が良くて、他に何もいらなくなる。このままでいい、このままの未来でじゅうぶんだって思っちゃうの。そういう自分が、私は嫌いなの』

耳に分厚い膜が張ったように、まゆらの声が遠くなる。

『それは……町のお花屋さんじゃ、満足できない、っていうこと？』

『……そうだね。すごく嫌な言い方だけど、そうかもしれない。自分の中にそういう気持ちがあることを、否定できない』

まゆららしい、何のごまかしもない言葉だ。だけどそれは、今まで投げつけられたどんな言葉よりも、俺を粉々にした。

青ざめたまゆらの横顔に、いつかビルの屋上で見た、無邪気な笑顔が重なる。

――颯太と一緒にいると、この街の景色がきらきらして見える。

まゆらの笑顔の向こうで、見慣れたはずのささやかな夜景が、星屑をちりばめたみたいに輝きを増した。あの夜、俺が見たものを、嘘だったなんて思いたくない。

まゆらの両手は、膝の上で固く組み合わされていた。そこに自分の手を重ねる。暖房が効いた待合ロビーにいるのに、まゆらの手は、学校の外で触れたときよりも、ずっと冷たかった。

『確かに――最初は、そうだったかもしれない。だからまゆらは、俺をずっと避け続けてたんだよね。でも、今は？　今も、本当に同じ気持ち？』

違う、と言ってほしかった。往生際が悪いと思われても構わない。

まゆらは覚悟を決めたように、俺を見た。こんなに近くで見つめ合うのは初めてかもしれない。まゆらの瞳の上で膨らんだ涙の膜が、震えているのがわかった。

『……だめなの。颯太といると頑張れなくなる。颯太と一緒にいる自分が、私は嫌いなの』

ごめんなさい、という囁きと共に、大粒のしずくがこぼれ落ちた。力の抜けた俺の手から、まゆらがそっと自分の手を引き抜く。指先で涙を拭い、いつもの気丈な表情に戻ろうとするまゆらを、俺はただ、ぼんやりと見つめた。

そのあとは、受付で会計を済ませ、ふたりでタクシーに乗り込んだ。慣れない松葉杖でふらつく俺を支えようと、まゆらは何度か手を伸ばしかけた。それでも、ためらいがちに伸ばされた手は、結局一度も俺の体に触れることなく引っ込められた。

薄暗いタクシーの中で、きっとふたりとも同じことを考えていた。

俺たちはもう、一緒にいられない。同じ未来を歩むためには、望むものが違いすぎる。夫婦にも恋人にもなれない。だけど友達に戻るには、お互いを好きになりすぎた。俺たちの実験は完全に失敗した。そして、もう二度と再開されることはない。

いつのまにか眠っていた。右足の甲の鈍痛に奥歯を噛み締める。病院で飲んだ痛み止めが切れたのだ。真っ暗なキッチンに向かい、手さぐりで電気を点ける。水切り籠に伏せてあったグラスに水道水を入れ、苦みのある粉薬を飲み込んだ。

コンロには小さな片手鍋が載せられている。蓋を開けると、おでんの汁に、つみれと白滝、ゆで卵と蛸《たこ》が浸かっていた。俺の好きなものばかりだ。

深夜の寒々しいキッチンで、俺は立ったまま冷たいおでんをつまんだ。こんなに最低の気分なのに、腹は減るし蛸はいつまでも噛み切れない。笑えるはずなのに、また少しだけ涙が出た。キッチンの細長い窓ガラスからは、濡れたような丸い月が見えた。

明日からは学校で彼女を探さない。小気味良い、スタッカートのリズムのヒールの音が聞こえても、振り返ったりしない。

隕石《いんせき》が落ちてきたわけでも、権力に引き裂かれたわけでも、歴史に翻弄《ほんろう》されたわけでもなく、俺の運命の恋は呆気なく終わりを告げた。

翌日、店には冬咲きのキンセンカが並んだ。冬から初夏にかけ、小さな黄色の花を咲かせる人気の品種だ。花言葉は、《失望》《悲嘆》《別れの悲しみ》。可愛らしい見た目に反した悲しい言葉を思い出しながら、俺は今日も店のシャッターを開ける。

第九話　モミの木

運命の恋が終わっても、朝は変わらずやってくる。絶望はしない。俺は今までだって、あの子がいない人生を普通に生きてきたんだから。

たった二ヵ月一緒に過ごした女の子が、俺の前から消えただけだ。また昔のように、それなりの恋愛を楽しむ日々に戻ればいい。簡単なことだ。俺はもともと、そういういい加減な奴なんだから。

ただ、ときどき胸が苦しくなる。一緒に歩いたキャンパス、並んで勉強した図書館、歩幅を合わせて歩いた土手町通り。何気なく暮らすなかで、あの子との思い出がある場所を通るたびに、胸が苦しくなる。まゆらと出会うまで、自分がどんなふうに息をして、どんなふうに歩いていたかさえも、思い出せなくなるときがある。

キャンパスで俺たちが顔を合わせるのは、週に一度のスペイン語の講義だけ。俺はいつも一番前の席に座った。岩本教授と黒板から目を離さず、九十分間をやり過ごす。講義の内容なんて頭に入らない。振り返ってまゆらを探さないようにするだけで、精一杯だった。

media naranja――オレンジの半分。俺のオレンジの片割れは、俺と実を寄せ合うことよりも、もっと刺激的で眩しい世界に飛び出したがっている。

いつかまゆらは『しっかり地面に踵をつけて、今いる場所を確かめたい』と話してくれた。それは、今度はもっと高い場所まで跳躍するために力を溜めたい、という意味だったのかもしれない。

「うわっ、何これ。グロテスクで、逆に可愛い。好みだなあ」

住谷さんが覗き込んでいるのは、今年から店に飾っている手作りのフルーツポマンダーだ。抗菌効果のあるクローブをオレンジの実に等間隔に差し込み、ナツメグやシナモンなどのスパイスパウダーをまぶして一ヵ月乾燥させたものだ。クリスマス仕様のリボンを十字に掛け、てっぺんで可愛く蝶結びにしているものの、果汁を吸ったクローブが膨らみ隙間なく果実の表面を覆っているので、尖ったいぼがびっしりと生えた、謎の木の実のようにも見える。ヨーロッパでは中世から、疫病除けや魔除けとして作られてきたものだ。

「売り物じゃないけど、ひとつ持ってく？　玄関に置いておくと虫除けにもなるよ」

「やった！　貰うだけじゃ悪いから、そこの小さいサボテンを買おうかな」

「まいどあり」

今日は他のお客さんがいないので、せっかく店まで会いにきてくれた住谷さんに紅茶を淹れる。といっても、ノベルティで貰ったマグカップにティーパックを入れ、電気ケトルで沸かしたお湯を注いだだけのものだけど。

「あのさー私、まだるっこしいのは苦手だから、単刀直入に聞くけど。立花君は、まゆとこのままでいいわけ？」

「もう、終わったことだよ」

「ふたりとも同じことばっかり言うけど、君たちって何か始まってたっけ？」

「辛辣だね」

確かに俺たちは、傍から見たら何も始まっていなかったかもしれない。でも初めて出会った瞬間から、俺たちの恋は始まっていた。それは、俺とまゆらにしかわからないことだ。

「立花君さぁ、一年生のときに私と、何回か話したことを覚えてない？」

住谷さんは身を乗り出し、ゴーグル眼鏡の奥の瞳をぱちぱちとまたたかせる。全然覚えがない。住谷さんみたいに強烈なキャラクター、一度でも目にしたら忘れられないはずだ。

住谷さんはド派手なフェイクファーのコートのポケットに手を突っ込むと、手帳タイプのスマホケースから免許証を取り出す。

「これ、一年前の私」

「ほんとに!?」

確かに住谷さんの名前が印字されているが、顔写真は別人だ。黒髪セミロングの、メタルフレームの眼鏡をかけた女の子。重たい前髪と上目遣いが、自信なさそうな印象だった。

「立花君と同じ講義を何個も取ってて、隣の席に座ったことだってあるんだよ。去年の前期のテストで私が消しゴムを忘れて困ってたら、さりげなく隣から滑らせてくれたこともあったよね。終わったあと、お礼を言わなきゃってぐずぐずしてる間に、立花君は佐々木君とどっかに行っちゃったけどさ。だから、今言うね。あのときはありがとう」

「俺、そんなことした？　人違いじゃない？」

「立花君は、日常的に人助けをしてるから無意識だったんじゃない？　ともかく私は去年まで、今の私じゃなかったんだよ。うちの両親、ふたりとも中学教師なんだ。だからずっと、規律正しく真面目に、期待に応えられるように生きてきたの。将来は私も教師を目指すことが当然って感じだったし、子供の頃からピアノを習わされてたのも、そのため。そういうのがしんどくて、大学では親元を離れることにしたんだけど、だからって急に殻を破ったりできなくてさ。そんなときに今の彼氏に会って、やっとありのままの私になれたんだ。あ、出会いから付き合うに至るまでの話、聞きたい？　多分、めちゃくちゃ長くなるけど」

おどけたように黒目をくるりと動かすので、笑ってしまった。

「そっか……住谷さんは、すごく良い人に出会えたんだね」

「別に彼氏じゃなくても友達でも、誰だっていいんだよ。世界中にたったひとりでも、ありのままの自分を愛してくれる人がいるっていうのは、心強さが全然違うんだ。うちの親は私にとって、そうじゃなかったから」

住谷さんは免許をスマホケースに戻すと、過去の自分を切り離すかのように、ぱたんと手帳形の表紙を閉じた。

「もしかしたら私が勝手に縮こまって、両親に本当の自分を晒《さら》せなかっただけかもしれない。愛情の受け取り方が、素直じゃなかった、っていうのかな。そういうところ、まゆも私と似てると思うんだよね」

「まゆらのお母さんの、すみれさんのこと？　でもふたりは——」

俺の目には、とても仲の良い親子のように見えた。住谷さんは眉間に皺を寄せ、ちょっと困ったように首を傾げた。

「うーん、何て言ったらいいのかなぁ。お母さんが、というより、まゆのほうが、愛情を受け取る準備ができてない気がする。まゆ自身が、ありのままの自分を許せてないっていうか。まゆは、お母さんのことを尊敬……というより、崇拝してるじゃない？　お母さんみたいになりたくて、子供の頃からずっと頑張ってきて、でも結局は夢が叶わなかった。不甲斐《ふがい》ない自分なんかが娘でいいのかなって、悩んでた。『娘より才能がある生徒を育てるって、どういう気持ちなのかな』なんて、言ってたこともあったし」

住谷さんがマグカップを持ち上げると、ゴーグルのような眼鏡のレンズが白くもった。苦笑いで眼鏡を外した素顔には、確かに免許証のなかの内気そうな少女の面影がある。

「私は、立花君と一緒に過ごすことで、まゆが変わるんじゃないかと思った。立花君は、劣等感とか嫉妬とか、両親の期待に応えられない焦りとか……そういうものに縛られてない気がするんだよね。そういうところ、すごく羨ましい。まゆも言ってたよ、立花君と一緒にいると風通しが良くて、居心地がいいって」

何も言えない俺に、住谷さんは「まっ、結局、ふたりのことはふたりにしかわかんないんだろうけどね」とあっけらかんと言った。

住谷さんが帰ったあとも、店には紅茶の香りが残っていた。まゆらが予知した未来では、俺たちが結ばれたあと、店の隣にはカフェが増築されるらしい。確かに、花の香りに包まれながらのティータイムは悪くない。だけどもう、そんなことは起こらない。俺たちの双子の子供が生まれてくることもない。まだ会ったこともない将来の息子と娘に愛着があるはずもないのに、寂しさを感じた。まゆらはこんなとき、何を思うんだろう。

店はそれから、冬の繁忙期に入った。店にはポインセチアやモミの木が並び、生花を使ったリースの注文が入りはじめた。姉の結婚式の準備も佳境に入り、当日の式場の装花についても、俺もプランナーさんとの打合せに同席したりする。

慌ただしい日々が続き、俺のギプスがようやく外れた頃――店にかかってきた一本の電話がきっかけで、止まっていた俺とまゆらの運命が、再び動きはじめた。

土曜日の昼下がり、淡い空色の壁に囲まれたフレンチ・カントリー調のリビングで、俺は目の前に置かれたティーカップを見つめている。店で住谷さんに出した紅茶とは、まるっきり違う種類の飲み物だ。

華奢な取っ手をつまみ、薔薇のつぼみが描かれたソーサーを持ち上げる。添えられた金のスプーンが滑り落ちそうになり、慌てた拍子に、熱いしずくがジーンズにこぼれた。

初めて招待された彼女の家で、俺は情けないくらいに動揺している。シャワーを浴びるからちょっと待ってて、と言われたものの、ドアの向こうの物音が気になって仕方がない。

「お待たせ」

ドアが開き、スリッパの足音と、甘い石鹸の香りがする。反射的に直立し姿勢を正す俺を見て、彼女は——まゆらのお母さんのすみれさんは、小さく噴き出した。

「そんなにかしこまらないで。こんな恰好でごめんね。颯太君が来る前に、ちゃんとシャワーを浴びておこうと思ったんだけど、予定よりレッスンが長引いちゃった」

玄関で俺を迎えてくれたときのすみれさんは、レオタードのような服を着て、髪をひとつにまとめていた。今は足首まである長いワンピースを着て髪を下ろしている。それだけで、ずいぶん印象が変わる。

「病み上がりだったのに、ごめんなさいね。重たくなかった？」

「平気です。あの場所でよかったですか？」

大きな暖炉《だんろ》の横に置いたモミの木は、俺が店からバンで配達してきたものだ。この時期にモミの木の注文があるのは珍しくない。だが配達先が、桜田町の宝生さんの家、しかも俺指名で、となると話は別だ。ためらう背中を母にしばかれ、シートに包んだモミの木をバンに積み、複雑な思いで彼女の家に向かった。注文をしたのがまゆらじゃないことはわかっていたが、案の定、出迎えてくれたのはすみれさんだった。

『さっきまで、まゆらも部屋にいたんだけど……逃げられちゃった』

その言葉を聞いて、むしろほっとした。初めて足を踏み入れたまゆらの家は、外観と同じように中身も豪華で洗練されていて、俺の家との生活水準の差を浮き彫りにした。

——満足できないの。颯太がくれる幸せじゃ、私は満足できないの。

あの夜の言葉を思い出し、乾きかけていた傷口が疼いた。正直に言うと、一刻も早く帰りたい。だがすみれさんは大理石のアイランドキッチンに立ち、「もう一杯だけ、付き合ってくれない？」と言う。

「夫はゴルフだし、まゆらは帰ってこないし、今日は夜のレッスンもないし、退屈なの」

お得意様の申し出を無下《むげ》に断るわけにはいかず、すみれさんが紅茶を淹れ直してくれるのを待つ。気を抜くと視線がさまよい、まゆらがこの部屋で過ごしている気配を探そうとしてしまう。なるべく目を伏せ、テーブルの上のシュガーポットだけを見るようにした。

「強引でごめんね。でも私も夫も、ずっとあなたに会いたかったの。まゆらの運命の恋人の、たちばなそうたくん、にね」

そうだ。初めて会ったときから、すみれさんは俺のフルネームを知っていた。もしかして、すみれさんにもまゆらと同じ力が……？　だとするとあの予知能力は、血筋によるものなのだろうか。

そんな疑問が顔に出ていたらしい。すみれさんはキッチンからティーセットを運びながら、苦笑いで首を振った。

「私にも夫にも、あの子のような力はないわ。もともと、超常現象とか心霊現象には懐疑的なタイプよ。でも娘が言うことは信じざるを得ないのよね。実際に、あの子の予知が的中する瞬間を数えきれないくらい見てきたし」

すみれさんは、俺と自分のティーカップに紅茶を注いだ。それから、口許を押さえて華奢な肩を震わせる。どうやら笑いをこらえているらしい。

「ごめんなさい、あの子が初めて予知をしたときのことを思い出しちゃって……」

「はぁ……」

どんなリアクションを取るべきかわからず、間抜けな相槌を打つ。

「まゆらが三歳の頃ね、夫があの子に言ったの。こうやって抱き上げながら、『まゆは、大きくなったらパパと結婚するんだよな』って。そしたらあの子、今と同じような生真面目な顔をして言ったのよ。『ごめんなさい。パパとは結婚できない。私は、たちばなそうたのお嫁さんになることが決まっているの』って」

舌を火傷しないように注意して紅茶を飲んでいたのに、思い切りむせ込《こ》んだ。

「夫が復讐に燃える鬼と化したのは、その日からね。『たちばなそうたは、男親なら誰でも夢見る幸せを、俺から奪ったんだ』って。あれから十七年、毎朝八キロのランニングと週に二度のジム通いを欠かしたことがないの。まぁそれは、嘘のような本当の話だからいいとして……」

全然よくない。もし俺とまゆらが順調に付き合い続け結婚の挨拶に……なんてことになった場合、ドアを開けた瞬間にゴングが鳴り響きそうだ。いや、そんな未来が訪れることはないから、取り越し苦労だけど。

「すみれさん、俺とまゆらさんは、もう……」

「お義母さんて呼んでって、言ったでしょう?」

俺の弱々しい呟きを、すみれさんは柔らかく遮る。でも俺は、その未来を、他でもないまゆらに突き返されたのだ。

「まゆらさんに、はっきり言われたんです。俺じゃ満足できないって」

「それであきらめちゃうの？　ずいぶん簡単なのね」

すみれさんが首を傾けると、耳にかかっていた髪が一房落ちて、まゆらの髪と同じ香りがした。

簡単、なんて言わないでほしい。この家の門をくぐったときから、目に入るもの全てがまゆらを連想させて、苦しくてたまらないのに。玄関に揃えて置かれたベビーブルーのファーのスリッパも、テレビの前に飾られた紙粘土のバレリーナの人形も、ソファにぽつんと置かれた黒猫のぬいぐるみも。サイドテーブルの上の、キャメル色の革のカバーがかかった本でさえ、それを彼女がめくる姿を想像させる。

簡単なんかじゃない。でもどんなに一緒にいたくても、まゆらが望んでいない未来に、あの子を連れて行くわけにはいかない。

俺は花屋の息子だ。だけど結婚相手は、店を継いでくれる人がいいなんて思っていない。もともと店は、母の代で閉める予定だ。両親からは、大学を卒業したあとは余所で就職先を探すように言われている。だから俺は、なるべく定時で帰れる職場で働きながら、できるかぎり店を手伝いたいと思っている。花屋の仕事が好きだから。

だから、花屋にならない女の子とは結婚できても、花屋になんかなりたくない女の子とは、結婚できない。

「頑固なのね、ふたりとも」

すみれさんが溜息まじりに笑う。

「もしかして颯太君、あなたたちの未来のことを、まゆらに聞いたの？」

頷く俺に、すみれさんは「聞くのを、怖いと感じなかった？」と重ねてたずねる。すでに俺の答えを知っているような顔をしていた。

「私ね、まゆらが小学生の頃、ほんの好奇心で『ママの未来を教えて』って言ったことがあるの。まゆらは、国語の教科書の詩を暗唱するときみたいに、すらすら話し始めたわ。私が将来バレエ教室を始めて、教え子が外国のコンクールで入賞するとか、パパが会社を辞めて独立を決意して、故郷にマイホームを建てるとか。でもね、話が未来に進んでいくにつれて、怖くてたまらなくなった。気が付いたら、あの子の口を塞いでたわ」

俺は、ティーカップに添えた自分の手許を見下ろした。あの夜、病院のロビーで、情けないくらいに指先が震えたことを思い出す。そんな俺を、まゆらも心配そうに見つめていた。

「自分の未来を知るのは、怖いわよね。明日の自分に何が起きるのか、何歳のときに病気になって、何歳で死んでしまうのか。私は知りたくない。だから聞かない。あの子の口を塞いだり、自分の耳を塞いだら、聞かずにいられるから。でもね、颯太君。まゆらは、逃げることはできないの。どんなに怖くて、知りたくないと思っても、知らずにいられないの。あの子は生まれたときから、その恐怖と、たったひとりで戦っているの」

言葉が出なかった。出会ってから二ヵ月、隣にいるまゆらをずっと見つめていたはずなのに、俺はまゆらのことが、全然見えていなかった。まゆらとの未来を知るのを怖いと感じながら、避けようもなく未来が見えてしまうまゆらの気持ちについて、考えることをしなかった。

「馬鹿だ……俺、最低ですね」

「どうして?」

すみれさんが、きょとんとした顔をする。

「俺、前にまゆらさんに言っちゃったんです。そんなふうに、ちょこちょこ未来が見えるんだったら厄介だよね、って。動画を見てるときに出てくる広告とか、テレビの途中に流れるCMみたいだね、って」

「……そんなことを言ったの? まゆらは、何て?」

「ちらっとしか見えなかったけど……笑って、くれたような気がします。『立花君が言うと、何でもないことみたいに思えてくるから、不思議』って……」

絶句するすみれさんを前に、消えてしまいたい気持ちになる。俯く俺の耳に、小さく噴き出す音が聞こえた。驚いて顔を上げると、すみれさんは笑っていた。鈴が小さく揺れるような声を出し、ひとしきり身を震わせてから、大きく息を吐く。

「あー、笑った。颯太君が、あんまり呑気なことを言うから」

「……すみません」

「笑いすぎて、泣いちゃったじゃない」

すみれさんはテーブルの隅に置かれたティッシュボックスに手を伸ばし、数枚紙を引き抜くと、ちんと洟をかんだ。潤んだ目と赤い鼻は、まゆらが涙をこらえて強がるときの表情に、よく似ていた。ティッシュペーパーで隠れたすみれさんの顔が、一瞬だけくしゃくしゃに歪んだように見えたのは、俺の気のせいかもしれない。

「そっか。だから、あなたなのね」

すみれさんは涙声で呟くと、柔らかく微笑んだ。

「颯太君と一緒にいるときだけ、まゆらは、肩の力が抜けるのね。自分が持つ特別な力を、何でもないことのように受け入れてくれるあなたの隣でなら、普通の女の子でいられる、と思ったのね」

「普通って……まゆらさんは全然、普通じゃなくて、なんていうか」

初めてまゆらに会ったとき、奇跡みたいに綺麗な女の子が現れた、と思った。あんなに可愛くて、突拍子もなくて、意地っ張りで、だけどときどきすごく素直になる女の子を、俺は他に知らない。……なんて言えるわけもなく、ただ口ごもる俺を見て、すみれさんはふふっと笑った。

「少し昔の話をしましょうか。颯太君はまゆらから、私がいた劇団の話を聞いてない？」

「前に、少しだけ教えてもらいました。子供の頃からずっと憧れていて、いつか自分も舞台に立ちたいと思ってたって……」

でも、まゆらの夢は叶わなかった。四度の受験に失敗し、年齢制限を超えてしまった今は、チャレンジすることすらできない。『私には、もう努力することすら許されない』と、涙で声を詰まらせていた横顔を思い出すと、今でも胸が苦しくなる。

「颯太君、不思議に思わなかった？　未来が見えるのに、どうしてまゆらは四度も受験したんだろうって。どうして、自分が不合格になることがわからなかったんだろうって」

「まゆらさんは、自分には全てが見通せるわけじゃない、って――」

すみれさんは紅茶を飲み干すと、そっとカップをソーサーに戻した。表情からは、微笑みが消えていた。真っ直ぐに俺を射抜く瞳は、まゆらにそっくりだった。

「あの子は知ってたの。どんなに努力しても、自分があの学校に合格できない未来が、ちゃんと全部、見えていたの。それでもあきらめなかった。まゆらは、そういう子なのよ」

とっさに意味が呑み込めなかった。頭が追い付くよりも先に、体が反応した。暖房が効いた部屋で厚手のセーターを着ているのに、全身に鳥肌が立った。

「バレエのレッスンも声楽のレッスンも、誰よりも熱心だったわ。親の贔屓目《ひいきめ》なんかじゃない。爪先が血豆だらけになっても、爪が剥がれても、喉を痛めて水を飲むことすら辛そうでも、一度も弱音を吐かなかった。口癖みたいに、『大きくなったらあの学校に行くの。

絶対に、ママが立った舞台で踊るの』って、呟いてたわ」

　中学三年の春、初めての受験で、まゆらは一次試験に不合格だった。だがショックを受けた様子はなく、当然のことのように受け止めていた、とすみれさんは言う。

　落ち込むこともなく再びレッスンに励むまゆらを見て、すみれさんは思った。一度目の不合格はまゆらにとっては想定内で、肩慣らしのつもりで受けたんだろう、と。今回は失敗だったものの、きっとまゆらには、何度目かの試験で合格する未来が見えている。そうでなければ、叶わないとわかっている夢のために、こんなにひたむきになれるはずがない。

　一年後、まゆらは再び不合格だった。それでも前年と同様に、ただがむしゃらに自分を磨くことに取り組んでいた。

「でもね。三回目の受験の一次試験の発表で、あの子、泣いたの」

「それは……三回目の試験でも不合格だったから、ですか？」

　すみれさんは静かに首を横に振った。

「受かってたのよ。まゆらは、一次試験に合格したの。受かっていたことが信じられなくて泣いたの。どんな厳しいレッスンにも音《ね》を上げなかったあの子が、涙で顔をぐしゃぐしゃにしながら言ったの。『ママ、私、頑張る。今までよりも、もっとずっと頑張る。絶対にあきらめない』って――。そのとき気付いたのよ。この子には、自分が何度受験しても失敗する未来が見えているんだって。はじめから何もかもわかっていて、それでも未来に打ち勝つために、運命を変えるために、必死に頑張っているんだって」

俺の頭の中に、今までまゆらが俺に見せたいくつもの表情が、めまぐるしく浮かんだ。

黒板を見つめる真剣な横顔、いい加減な俺を咎める険しい顔。二度と踊らない、と呟いたときの頑なな表情。大きすぎるフードで半分隠れた泣き顔――。

動揺を抑えるために、ティーカップに手を伸ばした。でも指が震えて、取っ手をつまむことができなかった。白いテーブルクロスに水滴が落ちる。慌てて顔を覆った。

「そのあとの二次試験では不合格。四回目の受験では、一次審査すら通らなかった。未来が覆ったのは、あのときの一回だけ。でもね、あの瞬間、まゆらは、自分が予知した未来に打ち勝ったの。運命を、変えたのよ」

次から次にこぼれ落ちる涙は、ただ情けなく俺の顔を濡らした。すみれさんが差し出してくれたハンカチで顔を覆う。声が漏れてしまわないように、奥歯を強く噛み締めた。

「颯太君。絶対に失敗するとわかっているものに、それでも万が一の可能性に賭けて、本気でぶつかることができる?」

俯いたまま何度も首を横に振る俺を見て、すみれさんが微笑んだのが、顔を上げなくてもわかった。

「私も同じ。誰にでもできることじゃないわ。だから私は、自分の娘にこんなことを言うのはおかしいかもしれないけど、あの子のことを心から尊敬してるの。ただ、いつも頑張りすぎるから、そこだけは母親として、すごく心配なんだけど」

涙でぼやけた視界に、俺よりひとまわりも小さい、まゆらの背中が浮かぶ。失敗する未来が見えているのに、まゆらは、地面に叩きつけられることを恐れずに——いや、きっと怖くてたまらない気持ちを振り切って、全力で跳んだんだ。できることなら時間を巻き戻して、そのときのまゆらの傍にいたかった。俺たちの実験が失敗した夜と同じように、傷ついたまゆらを、すぐにパーカーで包んで抱きしめられる距離にいたかった。

過去に戻ることはできない。だけど、今からなら傍にいられる。運命なんて関係ない。恋人じゃなくても、親友でも、肩書なんてどうでもいい。俺はもう二度と、強がりなあの子をひとりで泣かせたくない。

「颯太君、まゆらはね。あなたがくれる未来に満足できないわけじゃないの。あらかじめ用意されている未来を、無抵抗に受け入れることが怖いのよ。あの子はずっと、運命に抗って頑張り続けてきたから……頑張れなくなることが怖いんだと思う。頑張らなくてもいい、今のままでじゅうぶん幸せって思ってしまうことが……そう思わせるあなたのことが、怖いんだと思う。きっと、ただそれだけ。だから私は、あなたにまゆらの傍にいてほしい」

すみれさんの言葉が、俺の背中を力強く押してくれる。冷めた紅茶を飲み干し玄関に向かうと、靴箱の上に写真立てが飾られていることに気付いた。ガラス細工のフレームの中に、ランドセルを背負ったまゆらが佇んでいる。小学校の入学式だろうか。紺色の制服を着て、緊張した面持ちでこちらを見つめている。前髪を眉の上で切り揃えたボブカットも、ぎゅっと唇を引き結んだ表情も、今と変わらない。

「まゆらがまだ、あの世界に憧れる前の写真よ。この頃のあの子の夢、何だかわかる？」

すみれさんは、とっておきの秘密を打ち明けるように囁いた。

「お花屋さん、よ」

目には見えない大粒のしずくが、胸の真ん中に落ちてくる。その場所から、あたたかい何かが、全身に滲んでゆく。

履き古したスニーカーに足を突っ込む。踏んづけた踵を直すのさえもどかしかった。

「待って颯太君、忘れ物」

振り向いた瞬間、すみれさんの人差し指と親指が、俺の額を強く弾いた。強烈な一撃に呻く俺を見て、すみれさんは悪戯っぽく笑った。

「この前の舞台の帰り、まゆら、あなたと一緒にいたんでしょう？　夫に内緒で教えてくれたの。『颯太に送ってもらった』って。あの子、あなたの前で泣いたんじゃない？　目が真っ赤だった」

「誤解です。俺が泣かせたわけじゃなくて……」

「わかってる。だから、ただのやきもちよ。母親の私が最後にあの子の泣き顔を見たのは、高校二年生で一次試験に合格したときの嬉し涙だけ。あの子が辛いときに涙を流せるのは、あなたの前だけなの。あなたは、まゆらの特別なのよ」

すみれさんとまゆらは、やっぱりよく似ている。綺麗な顔からは想像もつかないくらい、タフで一筋縄ではいかないところが。

駆け込むようにバンに乗り、エンジンをかける。セーターの腕に、濃い緑色の葉が刺さっていた。モミの木の葉だ。花言葉は、《正直》《誠実》──それに、《永遠》。

俺はもう自分の気持ちを偽らない。今度こそまゆらを捕まえて、二度と離さない。

もどかしい気持ちで赤信号を睨んでいると、すぐ横に、スクーターに乗った耀司さんが停まった。俺に向かって身を乗り出し、しきりに口をパクパクさせるので、助手席側の窓を開けた。

「颯太、合コンのセッティングしてくれよ」

「マッチングアプリで知り合った、まどかさんのことはいいの？」

「そんな昔のことは忘れたね」

振られたのか。今夜中に、商店街じゅうにニュース速報が駆けめぐりそうだ。

「合コンが無理なら、坂の上のお城のお嬢様を紹介しろよ。お前ら、『ただの友達』って言ってたもんな？　さっき三浦《みうら》の本屋の前でみかけたけど、やっぱり母親そっくりの美人で……」

「三浦書店？　中に入って行った!?」

「いや、そこまでは……」

「サンキュー耀司さん！　今度絶対紹介する！　そのときは友達じゃなくて、俺の彼女になってるはずだけど！」

「はあ!?　お前、ふざけんなよ！」

今にも助手席から乗り込んできそうな耀司さんを振り切り、子供の頃から少年漫画誌を定期購読している三浦書店に向かう。店の裏手にある駐車場にバンを停め、勢いのままに駆け込んでも、まゆらの姿は見つからない。

「おばさん、女の子を見なかった？　小さくて、髪がこのくらいで、ツンとして気が強そうな……！」

「颯ちゃんが、前に一緒に歩いてた子？　文庫本を一冊買って、ついさっき出て行ったけど」

「ありがと！　あと、ちょっとだけ車を置かせて！」

夕暮れの商店街を駆け抜ける。まゆらみたいに特別な能力は持っていなくても、俺には強力な味方がいる。

「赤いダッフルコートのお姉ちゃんなら、そっちに行ったよ！」

「この前、颯太と一緒にいた子か？　ついさっき、そこの角を曲がってったぞ」

塚本《つかもと》の奥さん、中田惣菜店の雄二さん。魔法でもなんでもない、子供の頃から俺を可愛がってくれた、大勢のサポーターの証言。商店街を照らす茜色が徐々に濃くなり、俺の息が上がりかけた頃——

「颯ちゃん、お願い、拾って!!」

道子さんの悲鳴が聞こえた。振り返ると、まゆらと何度も歩いた坂道から、いくつもの夕日が、俺に向かって転がってくる。次々に落ちてくるオレンジ色のネーブルをキャッチして、顔を上げる。

坂道の中ほどに、『フルーツパーラーみたに』の紙袋を抱えた道子さんと、俺と同じようにネーブルを手にしたまゆらが立っていた。

これ以上ない、最高のタイミングでの運命のいたずら。きっとこれが、俺たちの運命の恋のクライマックスだ。

「道子さん、頼む！　その子、逃げないように捕まえて！」

すかさず逃げようとするまゆらに、道子さんが俊敏な動きで跳びかかる。まゆらはなすすべもなく、道子さんの小さな体におさえこまれた。

「抵抗しても無駄だよ。道子さん、四十年前は女子レスリングでオリンピックに出る寸前までいったんだから」

まゆらの手からこぼれたネーブルを拾い上げる。ようやく俺は、俺の運命の恋人を捕まえた。まゆらは観念したように「なんなの、この町は……」と、涙目で呟いた。

「ええと、助手席……じゃない方が、いいのかな。こっちにする?」

久しぶりに顔を見たまゆらが、あまりによそよそしいので、ついそんな提案をした。出会ったばかりの頃の『ふたりきりになる場所は禁止』というルールを思い出したせいもあるかもしれない。

三浦書店の駐車場に停めたバンの後ろのドアを開け、トランクのへりに座ると、まゆらも無言のまま俺の隣に座った。道子さんの腕から抜け出したときから、まゆらはひとことも喋っていない。ずっと黙ってブーツの爪先を見つめている。強引すぎる俺に腹を立てているのかもしれない。

俺たちの体の距離は、五十センチ、より少し遠い。自分からまゆらの手を離した俺に、まゆらはもう、笑顔を見せてくれないかもしれない。それなら、初めから仕切り直しだ。

「まゆらは知ってるかもしれないけど、すみれさんに頼まれて、さっきモミの木の配達に行ってきたんだ。ご馳走になったローズティー、すごく美味かったよ。まゆらの小学校のときの写真も見せてもらったし」

なんとか空気を和らげようと話しかけると、まゆらが急に顔を上げた。眉間に皺を寄せ、険しい顔で俺を睨む。どうやら逆効果だったようだ。

「ごめん、嫌だった？」

「違う。颯太が急に『まゆら』って呼ぶから……。びっくりしただけ。最後に会ったときは、『宝生さん』て、呼んでたから」

拗ねたように唇を尖らせた表情に、どぎまぎした。こんなに可愛かったっけ、などと場違いなことを思う。いや、可愛かった。初めて出会ったときからずっと、信じられないくらい可愛い女の子だと思っていた。

「まゆら。……って、また前みたいに呼んでもいい？」

緊張で声が掠れた。まゆらも、ぎこちなく頷く。俺の足許を見つめ、「颯太はギプスが外れたんだね。痛みはない？」と心配そうに訊く。

「平気。最近店が忙しくて、早速こき使われてる。まゆらは、住谷さんと一緒にカフェめぐりをしてるんだっけ？　一緒にバイトしようって誘われてることも、聞いたよ」

「そうなの。あとは来週、杏里ちゃんに家に泊まりにきてもらうことになって……颯太は？　この一ヵ月、どうしてた？」

俺？　俺は、松葉杖の使い方に慣れて、高校時代からずっと変えていなかった髪型を久しぶりに短くして、スペイン語検定の三級に落ちて、姉の結婚式の準備の手伝いに駆り出されて、サブローの代わりにすることになったスピーチの原稿作りに四苦八苦して、なのにこんなときに限って店は忙しくて――

「……死にかけてた」

　俺の物騒な言葉に、まゆらが息を呑む。

「まゆらに会いたくて、顔が見たくて、声が聞きたくて……ずっと、死にかけてた」

　あの日から、どんなに疲れていても夜はなかなか寝付けなくて、スマホでよく聞く曲がUKロックから切ないバラードに変わって、いつものジーンズが緩くなって二キロ痩せた。どんなに忙しくても、誰と話していても、何を見ていても、心は、あの夜タクシーでまゆらを見送った瞬間で止まっていて、ずっとまゆらのことだけを考えていた。

　まゆらの瞳の中の俺が、ぼやけて揺れた。クランベリー色の唇が、いつかのように小刻みに震えていた。

「私だって……私だって、初めて女の子の友達ができたのに。カフェでケーキを半分こしたり、お泊まりしたり、雑貨屋さんめぐりをしたり、お互いの洋服を選びあったりして、ずっと憧れてたことをしてるはずなのに、いつも颯太の顔が頭から消えなくて……」

　まゆらはぐっと言葉を呑み込み、唇を噛んだ。

「今まで、変なあだ名で呼ばれたことはたくさんあるの。マヤ文明の預言にちなんで『マヤ子』とか、『魔女』とか、『タタリちゃん』とか……でもあの夜、颯太に『宝生さん』って呼ばれたのが――今までで一番、悲しかった」

「……ごめん」

「颯太のせいじゃ、ないよ」

「ごめん、まゆら。もう二度と、なんて呼ばない」

もう二度と、宝生さん、なんて呼ばない。自分からまゆらに背を向けたりしない。まゆらが俺に背を向けたときは、絶対に追いかけて振り向かせる。

「すみれさんに聞いたよ。まゆらが、どんな気持ちであの学校を受験したのか。俺には、まゆらの気持ちはわからない。想像することしかできない。だけどきっと、俺の想像の何十倍も、まゆらは頑張ってきたんだと思う」

まゆらは目を伏せたまま、黙って俺の話に耳を傾けている。

「あの夜の病院で、俺といると頑張れなくなる、って言ったよね。確かにそうだと思った。俺たち、やっぱり考え方が正反対だ。無茶だと思ったら必死に止めるし、頑張りすぎるまゆらが心配だし、できるだけ傷ついてほしくない。俺は、頑張りすぎるまゆらが心配だし、それでもまゆらが言うことを聞いてくれなかったら、さすがに頭にくると思う。きっと、一緒にいたら、数えきれないくらい喧嘩になるだろうね」

まゆらが、ぎゅっと唇を噛んだ。最後通告を待つような、思いつめた表情だ。

「だからまゆら、俺たち、いっぱい喧嘩をしよう」

まゆらが、目を丸くした。何を言っているのかわからない、という顔をしている。

「俺はこれから、何回だって、頑張りすぎるまゆらを止め続けるよ。だけどまゆらはきっと、自分を曲げない。傷ついてボロボロになりそうな場所にだって、行くと決めたら飛び出していく。そしたら、そのときは――」

「……そのときは、どうするの？」

「傍にいる。まゆらがどんな選択をしたとしても、どんなにひどい喧嘩のあとでも、まゆらが傷ついたときは、俺が一番近くにいる。ときどきは、馬鹿だな、だから言っただろって、小言を言うかもしれないけどね」

冗談めかして笑う俺を、まゆらはじっと見つめている。赤い唇がかすかに開く。でも言葉が洩れることはなく、ただ苦しそうな吐息だけがこぼれた。

「考えたんだ。どうして、まゆらの運命の恋人が俺だったのか。もしかしたら――もしかしたら運命は、頑張り過ぎるまゆらのストッパーとして、頑張らない俺を選んだんじゃないかって」

すみれさんの前でみっともなく涙を流した瞬間、俺は、運命が出した謎を、やっと解けた気がした。

「だから言うよ。言っても、まゆらは聞いてくれないかもしれないけど、何度でも言う」

スカートの上で握りしめられた小さな手を、俺はそっと両手で包んだ。

「まゆら。頑張らなくていいよ。もう、頑張らなくていい」

大きな瞳から涙が次々に溢れ出し、まゆらの顔を濡らす。俺は手を伸ばし、赤いダッフルコートの背中を抱き寄せた。

まゆらの吐息はすぐに嗚咽に変わり、声をこらえることなく、子供みたいに泣いた。いつもは鋼鉄の芯が一本通ったように真っ直ぐな体が、俺の腕のなかで、生まれたての子猫みたいに柔らかくたわんだ。

「まゆらは、町のお花屋さんにならなくていい。芸能界を目指したっていいし、海外に飛び出したっていい。なんでも好きな仕事をしたらいい。でも、まゆらの未来から俺を締め出すことだけはやめて」

まゆらの涙が、俺のセーターを濡らした。しばらくそのまま、まゆらを抱き締めていた。ジーンズの尻に何かが当たり、振り向くと、道子さんに貰ったネーブルのうちのひとつが、トランクの奥から転がり出ていた。

「まゆら、岩本教授の、オレンジの片割れの話、覚えてる？」

「忘れられるわけない。講義で聞いたときも、颯太がどんな顔をしてるのか、気になって仕方がなかった」

「俺も」

俺たちは顔を見あわせて噴き出した。見つめあったまま、俺の方から、そっとまゆらに顔を近づけ……という流れは、残念ながら、俺のスマホの着信音に邪魔された。住谷さんだ。

『立花君、商店街のクリスマス・コンサートの打合せ、忘れてないよね？　私、バンドのメンバーと一緒に、ずっと待ってるんだけど！』

　完全に頭から飛んでいた。学食での待ち合わせの時間から、十五分も遅れている。商店街の催し物を盛り上げるために、自分から出演依頼をしたのに、とんだ失態だ。平謝りをする俺の腕の中で、まゆらが小さくくしゃみをする。スマホの向こうの住谷さんが息を呑んだ。

『今の、まゆだね？　近くにいるの？』

いる。ものすごく近くに、いる。口ごもる俺の様子から事情を察したのか、住谷さんは含み笑いで言った。

『今すぐ一緒に来て。遅刻のお詫びにお好み焼きを奢って』

「何でも奢る」

『あと、惚気話を聞いてあげるお礼に、たい焼きもつけてね』

「そんなことしないよ」

『何言ってんの？　尋問《じんもん》するに決まってるじゃん。覚悟しときなよ』

　一方的に電話が切れた。まゆらは俺の腕の中からするりと抜け出し、助手席のドアを開けている。

「颯太、急がなきゃ」

俺たち、数分前まで、初めてのキスをしようとしてなかったたっけ？　何の余韻《よいん》もないまゆらの様子に、つい恨みがましい口調で、「何か、余裕だよね」と言ってしまう。

まゆらはシートベルトを締めながら、悪戯っぽく微笑んだ。

「今日はまだ、その日じゃないから」

「その日って――」

「いいから、早く車を出して！」

全てお見通しらしい運命の恋人に叱られながら、俺は渋々バンを発進させた。その後、住谷さんの尋問は二時間半にもおよんだ。コンサートの打合せは別日に持ち越しになり、俺はなぜか、バンドメンバー全員分のお好み焼きを奢ることになった。

エピローグ

どうぞ、という声にドアを押すと、窓辺に佇む、すらりとした後ろ姿が見えた。白いドレスの裾が、ワインレッドの絨毯に優雅に広がっている。冬の朝の光を浴びて振り向く姉に、一瞬見惚れてしまった。

「なんだ、颯太か」

「今までで一番の化けっぷりだね」

照れ隠しで茶化すと、レースのグローブを着けた手でネクタイを掴まれ、「もういっぺん言ってみな」と凄まれた。中身はいつもの姉である。

「とってもお綺麗です、お姉様」

「よし。何か用？」

「これ、母さんから」

母から渡された、桐の小箱を差し出す。亡くなった祖母が大切にしていた真珠のネックレスだ。花嫁を幸せにするための四つのジンクスのうちのひとつ、サムシング・オールド。

グローブを着けた手では留め金が外しにくいようで、俺は姉のネックレスを取り上げ背中側にまわった。ブライダル・エステの甲斐あって、綺麗に手入れされたうなじと背中は、シルクのドレスと同じくらいなめらかに輝いている。古びた銀の金具を留めていると、急に実感が押し寄せる。

今日から姉は、立花じゃなくなる。明日には東京に向かい、仁さんとふたりの生活が始まる。姉が部屋のドアを開け閉めするときのやたらにデカい音に眉をひそめることもなくなるし、狭い洗面所でドライヤーを奪い合うこともなくなる。あの家から、姉の気配が消える。俺も父さんも母さんも、きっとすぐには慣れないだろう。

「姉ちゃん、結婚おめでとう。幸せになれよ」

思った以上に湿った声が出た。振り向いた姉が、乱暴に俺の鼻をつまむ。

「まだスピーチの時間には早いっての。相変わらず泣き虫だね、あんた」

プロのメイクで綺麗に仕上げられた顔で、いつものように歯を見せて笑うから、ますます鼻の奥がじんとする。

「スピーチ、本当に俺で良かった?」

姉の表情が陰る。

サブローは、姉に振られた夜から、一度も我が家に顔を出していない。大学で見かけることもほとんどなく、どうしても出なくてはいけない講義以外はサボって引きこもっている。前期試験が終わり冬休みに入るやいなや、バイクに乗って放浪の旅に出たようだ。北海道のご当地ラーメンの写真だけが、日報のように送られてくる。式の日取りと時間だけは伝えておいたが、今のところ返事はない。

「あんなことがあったのに、スピーチを読みに来いって呼びつけられるほど、あたしは鬼じゃないよ。あんたは、自分の心配をしてな」

姉は無理矢理笑顔を作ると、俺の鼻先を人差し指で押し上げ、「とちるんじゃねーぞ」と言う。確かに俺は、子供の頃から本番に弱い。

控室を去り際に振り返ると、姉はまた、俺が入ってきたときと同じように窓辺に戻っていた。その視線は、やっぱり誰かを探しているように見える。子供の頃からずっと三人でいた俺たちだからこそ、今この場にいないサブローのことを、どうしても考えずにはいられなかった。

式は終始おごそかに、滞りなく進んだ。黒い留袖姿の母はさながら任侠《にんきょう》映画の極妻で、父は燕尾服《えんびふく》で正装しているにもかかわらず、下っ端の舎弟のようだった。父は終始涙をこぼしていたが、それでも何とか、姉と一緒にバージンロードを歩きおおせた。

祭壇の前で待つ白いタキシードを着た仁さんは、最後に会ったときよりも痩せていた。仕事の引き継ぎが延びに延び、きっとずいぶん無理したんだろう。仁さんを見て満面の笑みを浮かべる姉を見た瞬間、俺の目頭も熱くなった。

ウエディングベルが鳴り響き、花びらのシャワーを浴びながら教会の階段を降りるふたりに、祝福の声が降りそそぐ。

澄み切った十二月の青空の下、俺の姉は、愛する男の妻になった。


披露宴は、教会に隣接する会場で行われた。俺の隣に座っている父は、終始洟をすすっていた。俺はというと、お偉いさんの有難いスピーチも、姉の友人たちのウエディングソングの合唱も、商店街のオヤジチームの悪ノリすれすれの余興も、ほとんど頭に入ってこなかった。昔から俺は、スポットライトを浴びるのが苦手なのだ。頼むサブロー、代わってくれよ、などと情けないことを思いながら、同時に、ここはあいつの親友として、俺がしっかり代理をつとめねば、と真逆のことも考える。

葛藤のなか、タイムリミットが近づいてくる。次は仁さんの高校時代の親友のスピーチ、それから新郎新婦のお色直し、再入場のあとが俺の出番。緊張のなかカンペを読み直そうとスーツの内ポケットを探ったとき、タイミングよくスマホが震えた。まゆらからのメッセージだ。

『今から少し出られる？』

まゆらには、今日が結婚式だと伝えてある。よほどのことがない限り、こんなメッセージを送ってくるはずがない。

スクリーンには姉と仁さんの子供の頃の映像が流れ始め、父が人目もはばからず号泣している。俺は体をかがめて会場を抜け出し、ロビーを走って外に出た。

耳を澄ますと聞こえてくる、ブーツのヒールの音。今日も最高に可愛い運命の恋人が、息を切らして駆けてくる。部屋着のようなスウェット素材のロングワンピースに、いつもの赤いダッフルコート。まゆらにしては珍しくラフなスタイルだった。

「ごめんなさい、披露宴の最中に」

白い息を吐きながら、俺に大きな紙袋を手渡す。

「どうしたの、これ」

「パパのスーツを借りてきたの。サイズが合うといいんだけど」

どういうこと、と問いかける俺の声は、騒々しいバイクのエンジン音に妨《さまた》げられた。巨大なバイクにまたがるのは、黒いレザーのライダースジャケットを着た男。ヘルメットを外す前から、俺にはそいつの正体がわかっていた。

「遅いんだよ、馬鹿」

涙声で唸る俺に、サブローは憎たらしい顔で、「その方が盛り上がるだろ?」と笑う。ラーメン三昧だったくせに、少し痩せたようだ。

「スピーチまで、あと何分だ?」

「今はお色直しの最中だから、十五分もないな」

「了解。じゃあ、とりあえず脱げよ」

何だって？　戸惑う間もなく、ネクタイを掴んで引っ張られる。本日二度目だ。

抵抗する間もなく、俺は披露宴会場の玄関の前で服を剥かれ、ボクサーパンツとソックスのみという情けない恰好にされた。ちなみにまゆらは、胸の前で紙袋を抱えたまま、怯えたように顔を強張らせていた。

美貌の追剥《おいは》ぎは自分のライダースジャケットを俺に放ると、躊躇《ちゅうちょ》なく服を脱ぎ捨てスーツに着替える。俺が買ったスーツと同じものとは思えないほどのスタイリッシュさに、抗議することすら忘れて見惚れてしまった。

「颯太、早く着て……みんなに見られちゃう」

まゆらに囁かれ、我に返る。慌てて紙袋の中のスーツを引っ張り出した。持つべきものは予知能力がある運命の恋人だ。これでふたりとも披露宴に出席できる。いや、でもちょっと待て。

「わざわざ俺を脱がさなくても、こっちのスーツをお前が着ればよかっただろ！」

ゆるいウエストをベルトで締めながら吠える俺に、まゆらが言いにくそうに「パパのスラックスだと、佐々木君には短すぎると思うの……」と呟く。

確かに俺のスーツに着替えたサブローは、手足が長いせいか、ジャケットもスラックスも丈が短めだった。身長はさして変わらないのに、神様は不公平だ。

「颯太、スピーチの原稿は？」

「ジャケットの内ポケット」

サブローはカンペを取り出すと、一読して苦笑した。

「見事なコピペだな」

「いいんだよ。もともとお前の穴埋めだからな」

これでも必死に考えたのに、結局は、インターネットのスピーチ例文集を繋ぎ合わせたような月並みな言葉になってしまった。サブローはカンペを俺に突き返すと、「よし、やるか」と髪を撫でつける。その気合の入った表情に、念のため、確認したくなってしまう。

「やるか、って……スピーチをしに行くだけだよな？」

「どうだかな」

「お、お前、俺の姉ちゃんをどうする気だ？」

「だから、幸せにしたいと思ってる、って前に言っただろ」

絶句する俺に不敵な笑みを見せ、サブローはさっさと自動ドアを通り抜ける。慌てて後を追おうとする俺の首に、まゆらがシルバーのネクタイを巻きつける。

「落ち着いて。佐々木君なら大丈夫」

「いや、でもさ、もしもサブローが姉ちゃんを攫ってバイクで逃走、なんてことになったら――！」

自動ドアのガラスの向こうには、紋付袴《もんつきはかま》姿の仁さんと、きらびやかな色打掛《いろうちかけ》を羽織った姉の姿がある。控室からロビーを横切り、会場に戻るところだ。

「佐々木君が、お姉さんが本当に困ることをすると思う？」

「ずいぶん信用してるんだね、あいつのこと」

ちょっと不貞腐れた口調になってしまった。まゆらは上目遣いに俺を睨み、ぎゅっとネクタイを締め上げる。

「颯太は信用してないんだね、私のこと。言ったでしょう、私にとっての危険人物は、地球上であなただけって」

動悸、めまい、息切れ火照りを、今日もありがとうございます。まゆらは俺のネクタイを手際よく整えてから、カッターシャツの胸元をトン、と押した。

「行って。ちゃんと見届けてあげて。あとね――佐々木君の運命の相手は、お姉さんじゃないから」

どさくさに紛れて、とんでもなく気になる台詞を囁かないでくれ。後ろ髪を引かれながら、俺も会場に急ぐ。両開きの重たいドアを押すと、姉と仁さんが、ちょうど着席したところだ。招待客の拍手が落ち着いたのを見計らい、司会者が俺の名前を呼ぶ。

テーブルに俺がいないことに気付いた両親が、焦った顔で周囲を見回している。司会者も、上擦《うわず》った声で再度俺の名前を呼んだ。

　会場がざわめきに包まれるなか、テーブルの間を縫うように、サブローが演台に歩み寄る。突然現れた美形に目を奪われている司会者からマイクを奪うと、サブローは白い歯を見せて爽やかに笑った。

「ただいまご紹介に与《あずか》りました新婦の弟――の幼馴染で、新婦の弟分の佐々木佐武郎と申します」

　結論からいうと、サブローのアドリブのスピーチは完璧だった。うっとりするような声、よどみのない口調、ちょっと笑えるエピソード、そして、姉への深い愛情に溢れていた。

　サブローは最後に、高砂《たかさご》に座る姉の方に体を向けた。美しく髪を結い上げ、赤い口紅を差した姉は、強張った顔でサブローを見つめていた。

「――美咲。結婚、おめでとう。なかなか言えなくて、ごめんな」

　姉の目から、大粒の涙があふれ出す。まさに鬼の目にも涙。貴重な光景をしっかり目に焼き付けたかったけど、今は無理そうだ。なんでかって？　俺の方が、それ以上に号泣していたからだ。

　サブローが俺に手招きする。こんなみっともない顔を人前に晒すのは気がひけるが、仕方がない。

「……仁さん。俺たちの姉貴を、どうかよろしくお願いします」

涙で声を詰まらせながら、かろうじてそれだけは言えた。あたたかな拍手に包まれ、また目頭が熱くなる。引っ張り出したハンカチで顔を拭いながら、隣に立つサブローを睨んだ。

「冷や冷やさせるなよ、アホ」

「泣きすぎなんだよ、どアホ」

「呪いの言葉しか出てこないんじゃなかったのかよ」

「幸せにしたい、って言っただろ」

サブローが目尻に皺を寄せて囁く。高砂にいる姉は、仁さんに背中をさすられながら泣きじゃくっていた。今この瞬間、姉は間違いなく、世界一幸福な花嫁だ。

人生で初めての身内の結婚式は、切なくあたたかく、涙と笑顔にあふれた最高の思い出になった。

招待客が去った後の会場には、宴の終わりの物哀しさが漂っている。テーブル装花は招待客にミニブーケにして渡すことになっていたが、いくつかは配り切れずに残った。まとめて店のバンに運び、バックドアを閉めてひと息つく。いつのまにか、横に母が立っていた。留袖を脱ぎ、グレーのパンツスーツに着替えている。

「悪かったな、全部任せて」

「スタッフさんが手伝ってくれたから平気だよ。残りは商店街の奥様方に配っておく」

受け取った他の荷物を後部座席に積んでいると、母が呆れたように言う。

「シケた面《ツラ》してんなぁ。まさかお前、今日から家族が減ると思ってるんじゃないだろうな」

減る、というか。苗字が変わろうと、姉が姉のままなことに変わりはない。それでも、今日あの家からひとり消えることは事実だし、何かが欠け落ちたような喪失感はしばらく続くだろう。

「いや、今日から本当に三人になるんだって思ったら、やっぱりさ」

うろたえながらドアを閉めると、間髪を入れずに母に頭をはたかれた。細いのに強靭《きょうじん》な腕を、ヘッドロックをかけるように首の後ろに回される。

「減るんじゃなくて増えるんだよ、今日から」

母の目線の先には、仁さんにそっくりのお父さんと、小柄でふくよかなお母さんがいた。

そして横には、泣きじゃくるうちの父。あろうことかふたりに肩をさすられ、慰められている。

そうだ、姉には新しい父と母ができて、うちの両親には新しい息子ができた。俺には義理の兄が。寂しさとは別の感情に胸があたたまる。

ダブル両親は、これから四人で飲みに行くという。姉と仁さんはすでに二次会のレストランに向かったようだ。ちなみにサブローは、披露宴が終わる寸前に退散した。会場中のお姉さま方が、新婦の弟の幼馴染にロックオンしていることを、痛いほど感じたからだろう。

「颯太、お疲れ様」

振り向くと、赤いダッフルコートを着た運命の恋人が微笑んでいた。まゆらの言葉で、張り詰めていた緊張がほどける。俺は朝から結構頑張っていたんだな、ということに、改めて気付いた。

「まゆら、待っててくれたの？」

だがよく見ると、服装が違う。前を開けたコートの隙間から覗くのは、白いモヘア素材の雪うさぎみたいなワンピースだ。

「その服、可愛いね。もしかして着替えてきたの？」

「悪い？」

まゆらはちょっと唇を尖らせ、恥ずかしそうに言う。

「さっきは急いでいて、部屋着ですっぴんだったから……ちゃんとしたくて」

「あのままでもじゅうぶん可愛いのに」

「颯太って、すぐにそういうことを言うけど、逆に張り合いがない」

褒めたつもりなのに、叱られてしまった。俺たちはそのまま、式場の周りをゆっくり歩いた。アラベスク模様の門の柵に、赤い風船が引っ掛かっている。式のあとに飛ばしたもののうちの、ひとつだろう。絡まった細い糸をほどき、ふわふわ浮かぶ風船を持って、チャペルに向かう。真っ白な大階段には、フラワーシャワーで使った青い薔薇の花びらが残っていた。造花にも花言葉はある。《奇跡》、それに、《夢がかなう》——。

「素敵な教会だね」

「うちは、親子三代でここで式を挙げてるんだよね」

まゆらはじっとチャペルを見つめている。

「もしかして、何か見えた？」

笑いながらきくと、まゆらは恥ずかしそうに目を逸らした。まゆらの予知によると、数年後、俺たちもここで式を挙げることになっている。

「私ね、ずっと自分の力が忌々しかった。でも今は、前より嫌いじゃないの」

「まゆらのおかげで、会場の外で裸で震えずに済んだしね」

そうだ、そういえば俺は、大事なことをまだ聞いていない。

「まゆら、さっき教えてくれた、サブローの運命の恋人の話だけど……」

「ああ、その件は忘れて。颯太を安心させようと思って話しただけだから」

「いや、気になるよ！　そもそも、何かおかしくない？　まゆらが鮮明に予知できるのは、両親とか、繋がりが深い人の未来だけ、なんだよね。知り合い程度の人については、ほんの一瞬映像が見えるだけ、って言ってた。それにしてはサブローの未来が、はっきり見えすぎじゃない？」

俺の追及に、まゆらはきまりが悪そうに、自分のブーツの爪先を見つめている。最悪の予感が胸を掠めた。

「もしかして、まゆら、将来的にあいつと何か――」

「もう、いい加減にして！　未来の義理の息子と、そんなおかしなことになるわけがないでしょう！」

俺の疑惑を打ち消すためにまゆらが放った言葉は、別の意味であまりにも衝撃的過ぎて、頭が真っ白になる。まゆらは、しまった、という顔で唇を噛んだ。

息子？　義理の息子？

「――えぇと、ぎぎぎ義理、義理っていうことは、つまり」

声を震わせる俺の前で、まゆらは腹をくくったのか、至極冷静に呟く。

「つまり、私たちの未来の娘の夫」

いつか病院のロビーで聞いた、幸福に輝く俺たちの未来。長女は大恋愛の末に親の反対を押し切り高校卒業後にすぐに結婚し、四人の子供に恵まれる。つまり、サブローの運命の恋人は――

「いや、ない！　絶対に、ない！」

「言うと思った」

「なんでそんなに冷静なの!?　え？　俺が卒業して二年後に結婚してその後に女の子が生まれるわけだから、二十六歳差!?　女子高生と結婚って、犯罪だろ！」

「法は犯していないし、本人たちが愛し合ってるなら、仕方がないと思う。それに強引に迫ったのはうちの子のほうだもの。佐々木君に文句は言えないよ」

「強引に迫っ……？　俺はそんなふしだらな娘に育てたつもりはないよ！」

「そうだね。まだ生まれてもいないしね」

まだキスすらしていない恋人と、我が子の教育方針と進路の問題でもめるという、あり得ない状況に頭が痛くなる。確かにサブローには幸せになって欲しい。でもあいつが『お嬢さんを僕にください』と頭を下げてきたら、家からたたき出してやりたくなる。

「佐々木君の何が問題なの？」

「どこが気に入らないとかじゃなく、そもそも自分と同じ歳の幼馴染が娘の夫になるっていうことが、受け入れられないというか……」

「確かに、歳の差は少ない方がいいかもしれないね。颯太がそこまで気にするなら、予定より早めに生んであげた方がいいかもしれない。今すぐ作り始めて、来年に出産したら……ふたりの歳の差は、二十一歳で済むね」

まゆらと初めて学食で話したとき、この子の突拍子もない発言に、俺は飲みかけの缶コーヒーを噴いた。でも今回はそれ以上だ。

「作り始めるって――意味わかってる!?」

「物理的には、なんとなく」

まゆらはじっと俺を見つめていたが、やがて、こらえきれないというように噴き出した。どうやら、からかわれてしまったようだ。まゆらは真顔に戻り、「ごめんなさい」と言う。

「最近気付いたんだけど、私、颯太が困ったり慌てたりするのを見ることが好きみたい」

「とんでもないことをさらりと言うよね。……でも、サブローの運命の恋人が俺たちの子供っていうのは、冗談じゃないんだよね」

「そうだね。颯太にとっては残念かもしれないけど」

「頼むから、嘘だって言って」

「言うのは構わないけど、何も変わらないと思う。運命の恋は、逃げようとしてもどこまでも追いかけてくるものだから。私たちの実験で、実証済みでしょう?」

そんなふうに微笑まれると、目の前にいるまゆらのこと以外、何も考えられなくなってしまう。運命の恋人に気を取られている拍子に、俺の指から、赤い風船がすり抜ける。跳び上がって糸の端を掴まえたものの、いつものスニーカーとは違う革靴なので、着地に躓いた。バランスを崩してつんのめりそうになる俺の体を、まゆらが正面から支えようとする。ふたりもろとも転びそうになるところを、俺はまゆらの腰を引き寄せ足を踏ん張り、何とかこらえた。右手には風船、左腕の中には、斜め四十五度に傾いたまゆらの体。ハリウッド映画の大げさなキスシーンのような体勢で見つめ合う俺たちの頭上で、ウエディングベルが高らかに鳴り響く。

「……今、鳴ったよね？　俺の頭の中だけ？」

「じゃ、ないと思う」

鼻先がぶつかりそうな距離に、まゆらの顔がある。緊張した顔つきを見て、俺の頭にひらめくものがあった。

「まゆら、もしかして、今日が例の、その日？」

まゆらは答えない。それでも、伏せた瞼が桃色に染まっていた。

「それにしたって……さすがに、出来すぎじゃない？」

俺の問いかけに、まゆらも噴き出した。お互いに笑いが止まらなくなり、力が抜けた俺の腕は、まゆらの体を支えきれずに、ふたりで芝生に崩れ落ちる。

耳元で、サイダーの栓を抜いたような音がした。噴き上がる水しぶきが、俺のスーツと、まゆらのコートをずぶ濡れにした。そうだ、この式場は、ガーデンウエディング用に、水が噴き出す仕掛けを設置したばかりだった。夜はライトアップもされ、なかなか人気の演出らしい。

「これは、運命からのお仕置きかな。『早くしろ』ってこと？」

「そうかもね。従ってみる？」

「そうだね、今日のところは」

運命の手荒い祝福のシャワーを浴びながら、俺たちは笑いをこらえて初めてのキスをした。軽くふれあわせただけなのに、その場所から全身が溶けてしまいそうな、初めての感覚だった。真冬の空の下でずぶ濡れで、凍えそうなはずなのに、今は寒さなんて感じない。

まゆらは額に貼りついた前髪を払い、俺を見上げて微笑んだ。

「私ね、颯太に会って初めて、未来が見えても意味なんかない、って思えたの。颯太が私を連れて行く未来は、私の予知通りでも、そうじゃなくても、いつも想像を超えるから」

「カマンベールのお手軽チーズフォンデュのこと？　味わうまで、本物の美味しさはわからない、って言ってたもんね」

「初めてのキスもね。もうちょっとロマンティックだと思ってた」

「期待外れ？」

「だと思う？」

まゆらが俺の首に腕を回す。笑いながらキスを繰り返し、次こそはちゃんと真剣に、と思うのに、唇から相手の震えが伝わってきて、また噴き出してしまう。

「まゆら、実験してみない？」

同じ台詞をまゆらの口から聞いたのは、まだ三ヵ月前のことなのに、もう懐かしい気がした。怪訝そうに俺を見つめるまゆらの額に、自分の額をくっつける。

「運命の恋人と恋に落ちたあと、その恋が永遠に続くかの検証実験」

「……いつまで？」

「死ぬまで」

実験は失敗した。俺は運命の恋人と恋に落ちた。そして今日から、俺たちの新しい実験が始まる。

そのあと、忘れ物を届けにきた式場のスタッフに咳払いをされるまで、俺たちはびしょ濡れのまま芝生ではしゃぎあっていた。

結論から言うと、実験は成功する。もちろん、『そしてふたりはいつまでも幸せに暮らしました。』なんて言葉では片付けられないくらい、これからもいろいろなことが起こるわけだけど——

とりあえずチャペルで式を挙げた数年後、俺たちのあいだには愛の結晶が誕生し、その双子は両親以上に驚異的な超能力を発揮して商店街に愛をふりまいたり、絶体絶命の危機を救ったりするんだけど、そんな冗談のような本当の話は、もし今度また、機会があれば。

fin

あとがき

このたびは『今日、君と運命の恋に落ちないために』を手に取ってくださり、ありがとうございます。この作品は、数年前にWeb小説投稿サイト『小説家になろう』に投稿したものをベースにしています。膨大な投稿作の中から作品を見つけ出し、書籍化のオファーをくださったことのは文庫編集部様のおかげで、こうして新しい物語に生まれ変わることができました。また、素晴らしい装画を描いてくださったセカイメグル様。改題にあたり頭を悩ませていた時期に素敵なラフ案を見せていただき、それまでバラバラに散らばっていたタイトル案のキーワードが、ジグソーパズルのようにひとつに繋がりました。完成したカバーイラストは本当に華やかで素晴らしく、キャラクターだけでなく物語そのものに命を吹き込んでいただけたと思っております。こうしてあとがきを書きながら、多くの方々と一緒に作品を完成させたことの喜びをかみしめています。

この作品をWebに投稿した当時の私は、まさに「小説家になろう!」という目標を掲げ、育児やパートの合間に原稿を書く日々を送っていました。コンテストに応募しては落選し、自分には才能がないのかな、努力だけでは越えられない壁があるのかな……と弱気になることもありました。だけど、もしここで夢を諦めたら、今まで小説に費やした時間はどうなるんだろう？　全部無駄になってしまうのかな？　でも、落選したとはいえ、わくわくしながら夢中で小説を書いた時間が無駄だったとは、どうしても思えない――

　そんな気持ちのなかで生まれたのが、宝生まゆらというキャラクターです。夢が叶わないことを思い知ったあと、人はどう生きていくのか。自分への問いかけの答えを探るようにして、私はこの物語を書き始めました。まゆらの力強さ、彼女を支えるために頑張る颯太の一途さに手を引かれながら、私なりの答えを見つけ出せたように思います。

　ドラマや小説の中で主人公が、失ってから当たり前の日常の大切さに気付く……というシーンを見かけるたび、私は、失う前に気付くことができたらよかったのに、と思います。今いる場所がかけがえのないものだとわかっているからこそ、失敗を恐れずに全力で夢にぶつかることができる。壁に弾き返されても、大切な場所で傷を癒やしたあと、何度でも新しいことにチャレンジできる。そんなふうに思えたら、怖いものなしですよね。

　この本を閉じたあと、あなたの目に映る景色が、いつもよりもきらめき出してくれたら、とても嬉しいです。そして願わくば、また新しい物語でお会いできますように。

二〇二三年十月　古矢永　塔子

ことのは文庫

今日《きょう》、君《きみ》と運命《うんめい》の恋《こい》に落《お》ちないために

2023年10月27日　初版発行

著者　古矢永塔子《こやながとうこ》

発行人　子安喜美子

編集　尾中麻由果

印刷所　株式会社広済堂ネクスト

発行　株式会社マイクロマガジン社
URL：https://micromagazine.co.jp/
〒104-0041
東京都中央区新富1-3-7ヨドコウビル
TEL.03-3206-1641 FAX.03-3551-1208（販売部）
TEL.03-3551-9563 FAX.03-3551-9565（編集部）

本書は、小説投稿サイトに掲載されていた作品を、加筆・修正の上、書籍化したものです。
定価はカバーに印刷されています。

ISBN978-4-86716-480-8　C0193
乱丁、落丁本はお取り替えいたします。